读懂美国：行走在现实与书本之间

陈艳敏 著

金城出版社
GOLD WALL PRESS

图书在版编目（CIP）数据

读懂美国 : 行走在现实与书本之间 / 陈艳敏著 . —北京 :
金城出版社 , 2016.11
ISBN 978-7-5155-1393-5

Ⅰ . ①读… Ⅱ . ①陈… Ⅲ . ①散文集－中国－当代
Ⅳ . ① I267

中国版本图书馆 CIP 数据核字 (2016) 第 230882 号

读懂美国 : 行走在现实与书本之间

作　　者 陈艳敏
责任编辑 李　健
开　　本 700 毫米 ×960 毫米　1/16
印　　张 15
字　　数 90 千字
版　　次 2016 年 11 月第 1 版　2016 年 11 月第 1 次印刷
印　　刷 三河市腾飞印务有限公司
书　　号 ISBN 978-7-5155-1393-5
定　　价 45.00 元

出版发行 **金城出版社** 北京市朝阳区利泽东二路 3 号　邮编 100102
发 行 部 （010） 84254364
编 辑 部 （010） 64210080
总 编 室 （010） 64228516
网　　址 http://www.jccb.com.cn
电子邮箱 jinchengchuban@163.com
法律顾问 陈鹰律师事务所 （010） 64970501

目录
Contents

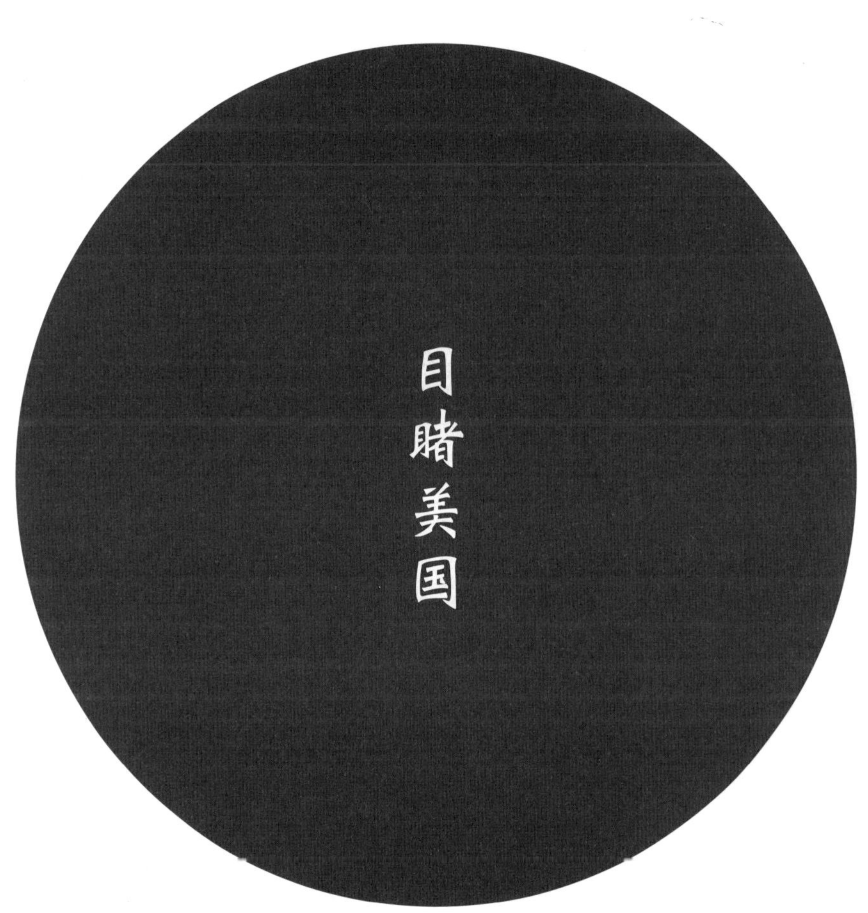
目睹美国

旅行 · WiFi

往常暑假的出行多数都是跟女儿一起，而今年女儿随新东方参加了美国游学的夏令营，开始了她独立的美国之旅。在我7月15日凌晨登上去夏威夷的航班时，她已经在旧金山优胜美地国家公园夏令营的营地了。欣欣还是一如既往地忙碌，辛勤工作，为我们的出行做坚强的后盾。

一家人虽在三地，但心在一起。7月11日，女儿乘机飞往美国的前两天，我和欣欣几乎整宿无法入睡。由于时差的关系，旧金山的白天是北京的深夜，我和他半夜盯着手机，等着女儿的消息，等着领队宋阳老师的微信，毕竟她是初次独自出远门，而且晕机。当听说尽管吃了晕机药，但女儿还是晕机，在飞机上吐了两次。 当女儿在微信里问爸爸在吗，跟爸爸说难受想回北京时，我顿时感觉十分心疼。当时北京正是凌晨一点多，我和欣欣都起来了，抱着手机跟女儿聊天，陪伴并安慰她，告诉她爸爸妈妈和她在一起。内心牵挂，我身边这个大男人眼角竟有些红。他说送女儿去机场那天，帮女儿收拾行李时他心里就难受，因为这次女儿要独自出去二十多天，而且去那么遥远、我们都没去过的地方。送机回来的路上，他说，她毕竟长大了，总得让她出去。话语中有失落，有伤感，更有一个父亲深沉而无言的爱。

接下来的两天，女儿去了夏令营的营地，手机由老师保管无法直接联系。领队宋老师虽然年轻，却非常认真负责、善解人意，每天都通过微信朋友圈或单独向我们通报孩子的消息。第三天，他发来女儿的一段语音：“我玩得很开心！”语气明显地活泼欢快起来。看来晕机是彻底好了。紧接着老师也发来一段语音，语气也轻松了很多：“放心吧，放心吧，家长，她现在一点事儿都没有了！我让她跟家长再说些话，她说不用了，不用了，呵呵，又跑去玩了，她甚至都把你们忘了……”我们的心情也顿时明朗，已经熬了两宿的我们那一晚也睡了个踏实觉。

我的美国之旅，有一半原因与女儿有关。这是一种心理上的感觉。虽然我的行程与她的行程完全是两回事。我先飞夏威夷，再飞东海岸，离她前两周所在的旧金山和洛杉矶相隔几乎横跨整个美国的距离，但毕竟同在一个国家，感觉还是近。昨晚欣欣本来要加班，但他放下工作，送我到机场，直到我过安检消失在他的视野之外。

他回到家，已经将近凌晨 1 点了。这是一个最爱我们的人。

夏威夷航空 HA898 次航班于 1 点多起飞，习惯于早睡早起的我，平时的半夜一点多早就进入梦乡了，所以上了飞机就睡着了，不知道过了多长时间，乘务员——不是空姐，是空叔送餐，我迷迷糊糊吃了一盒面条，接着又睡，等睁开眼睛，已是早上六点半——正是我平时起床的时间，按照北京的生活节奏，我又如时醒来。此时飞机上多数乘客还在酣睡，但透过舷窗的隔板，隐约感到外面很亮。由于大家还在睡觉，我不便将窗板拉开，就随便找了一部电影有一搭没一搭地看着。看倦了，又将阅读灯打开，翻看董桥的《英华沉浮录》。他中文夹杂英文的小资产阶级情调和彼时的气氛倒也合拍。然而长途飞行我还是有些劳顿，看了一会儿，合上书，开始睡回笼觉。又眯了一个多小时，大约到了八点钟，我彻底醒了，周遭的人也陆续醒来。这时窗外的天似乎更亮了，舷窗打开条缝，一束强烈的光立马照射进来，让我有些睁不开眼。适应片刻再看，外面是一片蔚蓝的天空，远远地飘浮着几朵白云。极目远眺，不知道到夏威夷还要多久……

北京时间上午 10 点多，夏威夷已是接近黄昏时分。飞机开始降落了，夏威夷的轮廓渐渐显现，碧蓝的海水一望无际。夏威夷，我来了！令人兴奋的是，一道彩虹远远地横跨海上，给我们这些远方的客人一个不小的惊喜，也给初次见面的夏威夷岛增添了许多的风情和姿色。传说遇见彩虹会比较幸运，感谢夏威夷，给我们如此美好的一个见面礼。

出了海关，发现檀香山刚下过雨，空气湿湿的，在岛上居住了 37 年的导游杨洋接上我们。在去酒店的大巴车上，我们又看到了彩虹，双道彩虹，这时全车的人都骚动起来，惊叹之中纷纷拿出相机。见状，杨洋女士告诉大家，在夏威夷每天都能看见彩虹，夏威夷每天都会有雨，每天每天，夏威夷都清新如洗。

“你们不要只顾拍照，多看看。”说着杨洋扬手窗外，“你看这天，你看这空气，新鲜得树都会开花。”她的声音舒缓轻柔，就像一片一片的花瓣在轻轻地舒展，充满了诗意。

蓝天之下，路的两边，不知名的树木的确繁花似锦，粉的，白的，玫瑰红的，茂茂密密地开着，开得自在，却不张扬，似乎在回应杨洋的话，给那一刻的时光增添了无言的浪漫。一个人对于一个地方的印象，常常就是在刹那间产生的，是好是坏，常常就源于某一个时刻，某一个人，或某一个机缘。

杨洋是两个孩子的妈妈，37 年前自广东移民至夏威夷，说一口台湾普通话，因为她的普通话是台湾老师教的。她说她爱夏威夷，也爱她的工作，珍惜生命中与我们两天的机缘。“夏威夷很小，我带过的客人还没有一个在夏威夷第二次遇到过，希望你们在这里度过美好时光。”

车上，有人问起 WiFi。杨洋说，酒店房间里没有 WiFi，但大厅有。接着引发了她的一段感慨：“说起来特别有意思，欧洲来的客人初到夏威夷一般都会问游泳池在哪里，澳洲的客人问海滩在哪里，中国的客人通常都会问 WiFi 在哪里。”她笑着对大家说，“不要光看手机，光想着 WiFi, WiFi 不能代替旅行。旅行为了什么？就是为了将我们的眼界打开，让我们眼光和心胸更宽广。所以你们要多感受，不要老低头看手机。”

她的话不禁使我产生许多疑问：玩手机难道不是时下中国人的专利吗？回想北京的街头巷尾，家里家外，人人盯着手机，眼不离屏，不停刷屏者大有人在，人们对手机的依赖，已经到了相当严重的程度。究竟是什么，使它有如此大的魔力呢？是现实生活的匮乏，还是精神生活的空虚？是表达欲得不到满足，还是自我个性得不到舒张？是借助它沟通情感分享欢乐，还是仅仅将它当做社交的工具和谋求事业发展的手段？不管怎样，手机和网络构筑的虚拟世界真能解决现实中人们面临的一切问题吗？大量时间在被手机和网络占用的同时，我们真的不会失去更宝贵的时间和情感吗？

所以，我戒微信了，半月来已经不在朋友圈发信息，也不再时时盯着屏幕耗费时间了。戒掉它，其实也没有那么难。

有时候还得感谢微信，感谢互联网，感谢科技带给人类的便利，只要适度应用，不沉溺于此，我们便能从中获益。

等我到达酒店要来WiFi密码在酒店的大厅上网时，看到宋老师上传的一组孩子们PARTY的视频，看到孩子们夹杂在美国的少男少女中狂歌劲舞，热烈欢腾，心情也随之陷入那片欢乐的海洋中。花样的年纪，他们不正是应该拥有歌声、舞蹈、纯真的友谊和无忧无虑的美好时光吗？我顿时被那种欢快的气氛感染了，隐约感觉到，这里的少年真幸福。

明天环岛游，蓝天碧海之间，我也要享受当下好时光。此时北京时间21:32，檀香山则是凌晨3:32，我还没有一丝睡意，不会是时差还没倒过来吧？

海滩·火种

夏威夷，有夏威夷果，有导游极力推荐的NONI，也是这里特产的一种果子，但最著名的还是这里的海水。从飞机上看，一片蔚蓝，因此它被诗意地称为“蓝色夏威夷”，是休闲度假的好地方。来到夏威夷，必然要去感受海，所以次日一早，杨洋便带我们环岛游。上午按照既定的行程游小环岛，下午游大环岛。

我们坐着当地人开的大巴车，沿海一路前行，到达一个景点，大巴车停下来，给我们20分钟或15分钟，照相，去洗手间，像是走过场。一望无际的太平洋在烈日的照耀和蓝天的映

太平洋

夏威夷恐龙湾

衬下一派湛蓝，透着深邃而又简洁的美，而我们没有太多闲散的心情和时间踏实地驻足欣赏，“来过看过”之后就匆匆上车赶路了。路过的景点，像恐龙湾、大风口，印象并不是十分深刻，行程里的钻石头山索性就在车上远远地扫一眼，导游给指了一下就算到此一游了。而海依然在身旁时隐时现，透过椰子林、草坪和一栋栋住宅，仍然不失诗意。

夏威夷海边

一路上，我们看到很多民居，包括后来移居此地者、当地土著和所谓的富人住宅。车不停地行驶，杨洋不停地讲解——她是一个既爱表达又极富热情的人，语气中夹杂着夸张的手势，随着所讲内容和场景的变化不断变换

着腔调，活灵活现。窗外一会儿是李嘉诚的家，一会儿是台湾“办事处”，一会儿又说比尔·盖茨在这里也有家，但不知道是哪一栋。

走到某一处，她顺手指着一栋普通的住宅说：“你们看，这里的房子有栏杆和防盗窗吗？”接着又自问自答，“没有！不像你们北京吧？在这里，他们的安全都有保障。我们常常听到各种舆论，有说好的有说不好的，一个地方到底好不好，要自己去看，自己去比较。”说着说着她笑了，几乎和其他国家的导游一样。

鳄鱼湾草坪上休息的人们

她联想到中国的司机按喇叭以及公共场合不排队：“我也到过北京，现在北京好得多了，以前也听说北京的马路上不停按喇叭，在这里没有。排队也是，在这里，我肯定规规矩矩地排队，但在北京，‘啊呀，冲啊！’我也不得不挤啊挤……”听到别人调侃北京，说北京“坏话”，我想反驳两句，但仔细想想，事实如此，于是也随众人心照不宣地乐了。我心说，还好，她还没有像上次我们泰国的导游说起中国的食品呢。

杨洋的谈兴依然很浓，当路过一所学校，她又开始谈教育。她说在美国，小学的孩子就是玩儿，“三七二十八”，数都算不清，但没关系，他们依然很棒。他们按照自己的兴趣自主学习，到了高中后劲儿就显现出来。在美国不是这样，家长会让孩子

伊奥拉尼王宫

去参加体育运动，“亲爱的家长们，在成年之前，你们一定要让孩子做运动，这个阶段是长身体的最佳时期，一定不要错过。事实上，越是在放松的状态下，孩子成长得越好。”

我不但受启发，而且深有感触。当今中国的教育之弊是有目共睹的，很多人明白，但似乎没有人能够挽回。这是一个不容忽视的严重的社会问题。

杨洋又从教育谈到奥巴马，谈到奥巴马的白人母亲和他的

黑人父亲将奥巴马生在夏威夷，以及他的姥姥在他的父亲离开他和母亲之后，怎样以不平凡的姿态接纳并教育奥巴马的故事，说着说着她从自己手机里翻出一张奥巴马在夏威夷吃汉堡的照片。照片里奥巴马张着大嘴啃着一个大汉堡，狼吞虎咽，吃相不佳。“有时候不能光看广告啊，看他吃那么香，我们都去买，结果咬了一口，啪，扔了。好难吃！”杨洋笑了，“建议大家就不要去吃了，但那家店的冰激凌很好吃，真心推荐给大家。”

闲谈之中，我们来到了海边。终于见到我梦想的夏威夷海滩了。

这是 SUNSET 海滩，直译过来就是落日海滩，而我们之前经过的 PAUOA 海滩则是用夏威夷土语命名的海滩。在夏威夷岛上，常常能听到夏威夷土语，那是夏威夷原住民的古老语言。

檀香山街景

随着移民的涌入，这个少数人使用的小语种一度被波涛汹涌的外来文明淹没，在夏威夷岛上被禁止，但经过当地居民和有识之士的不懈努力，后来它又被夏威夷人“捡”了回来，和英语

PAUOA 海滩边的草坪和白鹭鸟

一起被定为岛上的官方语言。据说现在岛上还有专门教授夏威夷语的学校，而在夏航的航班上及机上杂志里，仍能听到、看到英文夹杂着夏威夷土语。放过一段广播之后，乘务员常常会道一声“妈哈喽”（谢谢）。大巴车上，除了“妈哈喽”，杨洋还教了我们当地人问候“你好”的“阿喽哈”，说它有三个含义，根据语气、语速和腔调的变化分别有“你好”、“再见”和“我爱你”的意思。我们住的酒店在“WAIKIKI”，据杨洋介绍，“WAIKIKI”以“WATER”的“W”开头，是海边的意思；而“MIKIKI”以“MANTAIN”的“M”开头，则是靠山。

2700 万年前，夏威夷群岛因火山爆发从太平洋的茫茫大海中升起，沉寂了许多年之后，追随着鸟的踪迹从另一片土地来到此地的波利尼西亚人成为这里最早的原住民。不断迁徙的

鸟类也将种子带到岛上，使群岛长出了椰子树、芒果树、彩虹树、夏威夷果，使这里成为适合人类居住的地方。

1778年，英国航海家库克船长航行到这里时无意中发现了它，从此结束了夏威夷与西半球隔绝的状态，也使它陷入战争和动荡之中。1810年，伟大的卡美哈美哈国王统一了夏威夷群岛，使夏威夷成为国际上正式认可的王国。9年后国王死去，夏威夷又经历了诸多变迁，直到1898年成为美国的属地。

1959年夏威夷被美国变为它的第五十个州之前，这里的人说的正是夏威夷语，他们靠夏威夷语——他们自己的语言传递信息，沟通情感，岛上还出版夏威夷语的报纸。

珍珠港

想起初来夏威夷的那个傍晚在檀香山的街头漫步，看到许多店铺的门前点着火把，将夏威夷装点出别样的情调。杨洋说那是夏威夷希望的火种，每到黄昏都会如时点燃。夏威夷源自火山爆发，它要将这火种传递下去，让它生生不息。那一刻我被这迷人的讲解感染了。作为文明传承的重要内容和载体，一地独特的语言和文字系统不也需要被保护和传承吗？作为承载了人类希望的火种，和平的火种不也同样需要被点燃吗？

在珍珠港为游客签名的老人

今天的夏威夷岛上，已经居住着世界各地的移民。由于地缘的关系，最多的移民据说还是近邻日本人。美国著名学者托马斯·索威尔在《美国种族简史》的研究中发现，战后移民美国的日本人中，移至夏威夷的占了绝大部分比例，其中有90%以上的冲绳人去了夏威夷，只有8%去了美国本土。即使今天，仍有1/3的日裔美国人住在夏威夷，另外1/3住在西海岸的加州，不足1/5的人住在东部、中西部和南部。难怪在我们来到夏威夷的当晚，酒店前台的服务生就错将我当成日本人。当我询问大厅的WiFi密码时，她问我是不是日本人。夏威夷的大街小巷里，确实有很多亚洲人的面孔，分不清是日本人、中国人还是韩国人。

……

没想到当地的一句土语标识，使我作了这番神游。

注意力回到面前的海边，细软的白沙和嬉戏的孩童使落日海滩富有闲散的情调。浪花一卷卷地打来，舔舐着孩子们的脚丫，洒下许多欢声笑语。虽然我穿的凉鞋是皮面的，但还是忍不住

作者在夏威夷 PAUOA 海滩

下了水，没有亲水的海滩之旅怎么能叫海滩之旅？没有亲水的海边游览亦将辜负了大海。确切地说，我是想体验一下太平洋的海水是热的还是凉的。我们对于万物的感受和感觉都要通过亲身的体验才能获得。正如夏威夷的阳光总是异常热烈，透过一尘不染的大气层一览无遗地照下来，太平洋的水也是温的，打在脚上是一种舒适的感觉。

如杨洋所说，所有到海边来的人都只在近处游泳或玩耍，“看似平静的太平洋，不知道什么地方就会有暗流。海水之所以这么蓝，不仅仅因为这里的天蓝，还因为它有十几层楼那么深。所有出事的人，都不会想到他们自己会出事”。

遥望大海，变幻莫测。所以，让我们对大自然还是保有一份必要的敬畏吧。冒险也许不失为一种浪漫的人生，正如没有哥伦布，就不会有美洲新大陆；没有库克船长，就不会有我们今天看到的夏威夷一样，但我们还是要以严肃的态度对待冒险，对待生命，没有必要轻易和它开玩笑。

时间不知不觉地过去，我们又该集合了。当我们要穿过马路上大巴车时，出现了让我触动的一幕：

我们刚刚来到路边，左右两边川流不息的车辆离我们好几米就齐刷刷地同时停下，静静地等我们走过去后，才慢慢启动……那是一个细小的动作，一种无声的语言，却是一种无言的文明。彼时脑海中又浮现出杨洋的话，伴着思考被我反复地咀嚼和玩味。

落日海滩

离开落日海滩，我们沿海边继续前行。这时我们的车似乎离海更近了，不时看到情侣悠闲地躺在沙滩上，皮肤被晒成棕色的父亲在海水中将儿子高高举起，或是一家三四口带着游泳圈漂在水里嬉戏，车就随便停在路边。房子离海边也越来越近，很多住家后院直通大海，有一座木房子离海边只有两三米远。在我看来，这里除了浪漫还是浪漫，除了惬意还是惬意。

夏威夷的花·雨·人

离开夏威夷的当天上午，大多数人都随杨洋去玩潜水艇了。虽然杨洋再三推荐，但我还是坚定地没有去。我发现自己的兴趣不在那里。如果像往常一样带着女儿来，我肯定也毫不犹豫地去了，但这次相反，潜水艇和其他一切深海的娱乐项目，都激不起我的丝毫热情。

我只想在酒店待着，或者出去走走，坐在咖啡馆的一角静静地再感受一下夏威夷，感受一下这个地方。

我走出酒店，但没有看到咖啡馆，只有街边的大榕树静静地待在那里，盘根错节，有几抱粗，枝繁叶茂的树冠在天空形

酒店旁的小公园

成巨大的绿伞，遮住炎炎烈日。两天来我们天天看到的那种树依然在满街满巷地开花，一片片，一簇簇，一串串——我太喜欢这种树了，无论在海边民宅的院落里，酒店楼前的道路旁，还是去珍珠港、落日沙滩的高速路边，都有它美丽的影子。时时都在，但并不妖艳，朴素可喜。

夏威夷的彩虹树

我沿街溜达，辨不清东西南北。走着走着，眼前出现一条河，河的对岸是懒懒散散的几栋楼房，虽然才是早上八九点钟，但夏威夷的阳光透过毫无遮拦的云层又已是火辣辣地照下来，天空是一如既往的蓝。夏日清晨的阳光下，有两个外国人，不，如杨洋所说，“这里是美国，你们才是外国人”，这两个本地的年轻人沿河跑步，健壮的体形透着蓬勃的朝气。天有些热，我走了一段，看见红绿灯就过马路往回返了。

回到酒店，随意地写些文字，到点儿就拖着行李到楼下与玩潜水艇的团友会合，准备去机场。

回眸夏威夷，我忘不了那满街满巷的花树，登上去机场的巴士之前，我指着MAILE SKY COURT酒店门前恣意开放的一棵，特意问杨洋这是什么树，她告诉我那是“RAINBOW TREE”，彩虹树。多么好听的名字，立刻让我联想到夏威夷的彩虹，它真的就如夏威夷雨后的彩虹一样，随时出现在视线里，给我们带来喜悦。

如果檀香山能够代表夏威夷的话（夏威夷有132个岛，檀香山是其中有人居住的六个岛之一，是全夏威夷第三大岛，也是夏威夷州的州府所在地），那么夏威夷岛是性情中的岛，海洋岛屿气候决定了它时不时地会下雨。刚来夏威夷之时，出海关便迎来一场毛毛细雨，细到没有感觉，但的确是在“下雨”，雨后便是一道靓丽的彩虹横跨长空。吃完晚饭出门溜达，迎面又是一场细雨。当你正在感叹忘带雨伞之时，雨不见了，说来就来，说走就走，随心随性。如果不是晚上，想必天空又是一道彩虹。在LAUOA海滩，我们正在阳光下欣赏绿色的海水，劈头盖脸一阵疾雨，刹那间将山和海都笼罩在雾气中了。回到车里放眼朦胧的远山，我听到有人说：“那不是雾霾。”是的，夏威夷只知彩虹，不知何为雾霾。雨下得依然不长，刷刷下过一阵之后，天空即刻出现了两道彩虹。夏威夷天上的彩虹亦如街边的彩虹树一样朴素可喜，广受欢迎。

我对杨洋说我喜欢彩虹树，被团里另一位喜欢植物的老人听到，他插话说：“不光你喜欢，我们都喜欢。”有团友还告诉我，街边有书报栏可以免费领取有关夏威夷的资料，据说还有一本书，详细介绍夏威夷。哦？这对我是个好消息，虽然离出发只剩下几分钟，我还是迫不及待地让她指给我书报栏的位置。结果我刚走了两步就发现，酒店旁边拐角处就有一个放置书报资料的木架子。从上面取了两本书——是国旅的中文资料，虽意在宣传，但也载有夏威夷的历史资讯——临行与“文化”相遇，刹那间已是满心欢喜了。

那位喜欢彩虹树的老人也有其中的一本“书”，等人的工夫，他指着门前怒放的一丛黄色大花对我说，他就是从这本“书”里知道这种花是夏威夷的州花。我顿时恍然大悟：难怪北京到夏威夷的夏航班机上，女乘务员的鬓角都带着白色或黄色的大花，街边小店售卖的纪念品中也有许多那样的大花。我还给女儿买了两个嵌有这种花的手链。老人将书翻到印有大花的那一页，“书”上介绍，它叫“朱槿”。

人到齐了，杨洋招呼大家上车。带着对夏威夷的美好回忆，我们要去机场，飞往大都市纽约了。

夏威夷航班10个小时的飞行中，看书消磨时光，看完董桥的《英华沉浮录》，尚有兴致，但手头已没有书，于是后悔自己没有多带一本，无聊之下只好翻看飞机上的杂志。

杂志全是英文的，埋头认真地看，还是一知半解，看来我大学读的英语专业在今天已无法有效发挥作用了。不过，从那些一知半解的文字里，还是能感受到一些夏威夷的风情，上面介绍一些故事，讲一些风俗和由来，也有夏日岛上的文艺资讯，其中一篇正好是讲夏威夷语，讲夏威夷语的研究者和传统文化

夏威夷的州花——朱槿

的守护工作，讲岛上有一些有识之士和对夏威夷语珍爱有加的夏威夷人，为保护和拯救夏威夷语在作着不懈的努力。尽管今天的夏威夷群岛只有不到2%的人在说夏威夷语，但他们仍然希望这古文明的火种生生不息。他们不但要让它在太平洋的这些小岛上复燃，还希望它呈现出历史上的辉煌，被带往世界各地，让更多的人了解和认知。这努力中无疑带着感动。

如夏威夷语在夏威夷岛、夏威夷的航班上自然地被穿插应用，这篇文章的英文中也自然地夹带着夏威夷语，并不厌其烦地在括号中加注英文注解——似乎那已经成了一种习惯。在今天的夏威夷，能说夏威夷语的人虽依然是极少数，但据说夏威夷语研究热正在岛上兴起。如家家门前闪亮的火把，一个保有文化和文明火种的种族，才是有希望的。

纽约的天堂·地狱

夏威夷航空公司的班机上，我想当然地以为到达纽约应该是黄昏时入住酒店休息，不料出机场后才发现是早上7点，纽约明亮的阳光照在身上，和夏威夷的白昼连在了一起。导游朱莉带我们去吃早点，然后即将开始的不是睡眠，而是一天的行程。

我们被带到美国最大的华人集聚地——纽约皇后区的法拉盛去吃早点，据说这个地方也是亚裔最多的区域，除华人外，还有韩国人，印度人，巴基斯坦人，等等。从车上望去，这里的街道和楼房都很旧，街头小门面的标牌杂乱无章参差不齐。街道很窄，并且感觉缺少人气和章法，像国内一些城市的老城区，用“脏乱差”来形容并不过分。这时团队中有人说：“这和想象中的美国反差也太大了。”虽然这里不能代表美国，不能代表纽约，或许也不能完全代表华人在美国的生存状态，但我有同感。单就外观而言，眼下的法拉盛不仅跟美国的富强和先进无法匹配，跟当下中国突飞猛进发展中的城市也有不小的反差。至少外观如此，

法拉盛街景的一角

有种憋屈的感觉。

朱莉是天津人，我们被带到一家天津餐馆，包子油条豆浆粥吃起来倒是亲切。进到餐馆，感觉和国内没什么两样，倒也自如自在。我们饱餐一顿之后，驱车奔赴曼哈顿。

当汽车路过某一处，远方曼哈顿的高楼大厦在视线中出现时，再看近处，却是一大片墓地。导游说，纽约是天堂与地狱、富人和穷人并存的地方。她引用《北京人在纽约》的经典台词：如果你爱他，你就将他送纽约；如果你恨他，你就将他送纽约。说到这儿，她突然指着高架桥下道路的拐角满地的白色塑料袋和废纸说："你们看，纽约也有特别脏的地方。但在曼哈顿，一会儿你又能看见特别干净漂亮的地方。"接着她讲起华尔街，

曼哈顿

纽约帝国大厦

讲起纽交所，讲起发生在那里的跌宕起伏的人生故事。在那里，你可能一夜间暴富，也可能一夜间倾家荡产；你可能突然喜从天降，也可能顷刻粉身碎骨。然而很多人抵挡不住金钱的诱惑，前仆后继地做着发财梦，任凭自己的人生和命运随着财富起伏不定，被金钱控制和摆布。

这样的人生，果真是幸福的人生吗？

曼哈顿越来越近了。它原是一座小岛，是纽约的中心，也是纽约最繁华的地方。摩天大楼像是漂浮在海上，伴着海风勾起人们无尽的想象，远远看去别有一番风情。然而导游说纽约并不能代表美国，这里35%都是外来人口，在曼哈顿岛上有800种语言被使用，世界各地的人纷纷汇聚于此，过着多元的生活，演绎着多样的人生。

据说曼哈顿最早被一个为法国工作的意大利人发现，后来荷兰人在此建立商埠，花二十多美元从当地的土著印第安人手中买下，并将印第安人骗到别的岛上，霸占了这里。当这里的土著发现上当受骗之后，每天都朝着这里骂“曼哈顿曼哈顿”。据说“曼哈顿”就是骗子的意思。后来英国人来了，最终占领了这块地方，更名为“新约克”，就是今天的“NEW YORK”。

很遗憾，一个城市的历史，总是伴着争夺史。弱者总是被驱赶和欺凌。前年我在马来西亚、马六甲、吉隆坡，也看到荷兰、英国等殖民者留下的城池、教堂等遗迹。斗转星移，如今虽然已是人去楼空，但历史无法抹去，那些遗存的古迹仍在述说着往昔。而在这里，直到美国独立，直到今天，虽然历史又发生

联合国总部

了事先无法预料的变化，“纽约”这个名字却一直被沿用下来。后来又有爱尔兰人、意大利人、犹太人、波多黎各人、西印度群岛人等欧洲乃至各大洲的人，随着运货船漂洋过海历经艰辛到这里来寻找新生活。纽约本不是他们的目的地，第一代的移民大多是逃荒而来，他们没有目的地，就如人生无常，能够在条件恶劣的运货船上支撑过来，没有随成千上万的偷渡者被饥饿、疾病折磨死已是胜利，载着他们的船只漂到哪里，哪里就是他们的登陆地。有些人恰好来到了纽约，经过一番痛苦的挣扎和磨砺之后，逐步在这里安家落户。

今天的曼哈顿位于纽约市中心，被称为纽约的心脏。虽是纽约五个区中最小的一个，分量却是最重的，百老汇、华尔街、帝国大厦、中央公园、联合国总部、格林尼治村、大都会博物馆均坐落于此，由此也引来全世界憧憬的目光。

车快到曼哈顿的码头时，就在离世贸大厦旧址不远的地方，我们又路过一个中国城。未到之前，先在街角的大树荫下看到迎着朝阳跳广场舞的大妈们，和中国广场舞没什么两样，但在美国应该也算是一景了吧。一个民族，走得再远，还是会带着那个民族固有的气息，一时还是无法脱离故乡的根须。即使彻底地被移植到了另外一片土地，语言、习惯、生活方式、思维模式，恐怕也是难以彻底改变的。车驶进中国城，看到一排排五六层的红色砖房住宅已经显出斑驳的痕迹，表面看去，破败萧条，街边的门面横七竖八地挂着一些汉字标牌，福建同乡会、海鲜馆、日常用品店等，街上也少见有人走动，偶尔一两个华人或黑人神情木然地经过，将这个地方反衬得更加冷清和寂寥，非常像上个世纪八十年代中国的小城镇，并未给人“幸福”的印象和蓬勃的活力，与曼哈顿的高楼大厦和华尔街的神话故事似乎离得很远。

面对我的疑惑，导游说住在这里的大多是四五十年前的老移民，现在大部分都到了退休年龄。他们那一代人的确过得很艰辛，过去主要是做制衣工人，“你知道，衣服的利润很高，一件衣服可能被卖到一千多美金，而制衣工人可能只拿到几块钱，纯粹是卖苦力”。所以老一代的移民史，常常也是血泪史。其实不光是华人，当初每个来到新大陆的种族，在这片土地上都有过辛酸的、不堪回首的历史。纽约尤其是曼哈顿的东南端，作为东欧犹太人的最大集居地，这里的犹太人初来之时用托马斯·索威尔的话说，生活之寒酸极为不可思议，“处境比其他任何移民种族都要惨”。万般挣扎之中，他们千方百计地利用自身优势寻找机会。后来纽约能够成为美国服装工业中心，与移民来此的犹太人也有很大关系。犹太人就是运用其自身在东欧服装行业积累的经验，开办大量的制衣厂养活自己。有数据显示，1885年纽约市的241家服装厂中，有234家是犹太人开办的，老板多数为德国犹太人。想必成为制衣工人的华人移民，正是在这样的工厂里讨些血汗钱吧。一起流血流汗的，还有意大利人，爱尔兰人，东欧犹太人……

导游说，在纽约共有三个中国城，中国人集中居住于此，演绎着大致相同的血泪史。但同时她也说，由于享受美国的教育和福利，如今他们的第二代、第三代已有不同，生活境况相对就要好得多。

不要说没有知识、靠单纯的出卖体力谋生的老一代移民，即使是留学于此，或有知识有文化的新一代移民，短时间内融入美国社会也不是一件易事，这就是为什么在国外华人主要还是跟华人扎堆在一起生活的原因吧。同样的皮肤，同样的语言，同样的文化，同样的种族，自然有着天然的趋同和亲近，一种文明接纳和融入另一种文明，从来不像想象的那么简单，包括歧视的眼光和心态恐怕都不是一朝一夕能够消除的。美国是一个提倡自由平等并用法律加以保障的国家，然而，一个人对另一个人，一个种族对另一个种族骨子里的歧视常常是隐形的，与法律或许真的是两回事儿。当我问及美国人对华人是否有歧视时，移民至此已经十几年的导游朱莉以自己的体会，索性直截了当地回答我："有！"美国人对华人如此，华人对其他种族呢？想起在夏威夷导游杨洋说的一句话，她说未来大选时，她谁也不选，她不选希拉里，因为她不喜欢女强人。当初她也不选奥巴马，因为他是黑人。这难道不也是潜意识里无形的歧视吗？私下里聊天时，朱莉还告诉我，在华人圈里，老移民还常常看不起新来的移民。

朱莉作为一名以接待中国旅游团为主的美籍华人导游，其思想、意识、观念和体验或许不足以代表所有在美的华人阶层，但至少也从一个侧面反映了其中之一斑吧。也有研究表明，当一个外来的移民或家庭融入美国社会的程度越深，他搬离同种族的社区越远，搬离的可能性越大。想起一些依靠知识和奋斗已经进入美国中产阶级的朋友，如今基本都住在和美国人杂居的独栋别墅，几无一人住在眼前的中国城。这与社会学者的研究算是不谋而合吗？

当这个问题在脑海中纠缠不清的时候，我们的车到了码头，一行人坐船游览自由女神像。这个出镜率最高的雕像，几乎成为美国自由、民主的象征，也是到达美国的游客必去的地方。它原是法国政府在1876年庆祝美国独立100周年，为纪念美国独立战争期间美法联盟送给美国的礼物。自由女神右手高举火炬，左手怀抱《圣经》。导游说是《圣经》，也有人说是美国独立宣言的书板，总之表达了摆脱黑暗、走向自由和独立的美国精神，被誉为美国的象征。美国是一个宗教自由的国家，多种信仰在这里并存，然而基督教是全美第一大宗教，若是怀

美国的自由女神像

抱《圣经》，或也符合逻辑。我们没有登岛细看，无法探得究竟。

自由女神像运抵美国后，就被立在这个高大的基座上，据说上面镌刻着美国女诗人埃玛·娜莎罗其脍炙人口的诗句：

送给我
你那些疲乏的和贫困的挤在一起渴望自由呼吸的大众
你那熙熙攘攘的岸上被遗弃的可怜的人群
你那无家可归饱经风波的人们
一齐送给我
我站在金门口
高举自由的灯火

由于没有下船，我们只与女神打了一个照面，亦未看清上面的诗句。

从船上下来，我们穿过马路，步行去华尔街。曼哈顿分上、中、下城，华尔街位于下城，窄窄的街道夹在鳞次栉比的摩天大楼中，逼仄而拥挤，高楼下面行走的人们摩肩接踵，黄皮肤，白皮肤，黑皮肤，棕皮肤，行色匆匆，人们从世界各地赶来，聆听财富的故事。这时能看到西装革履的人渐渐多起来，夹着公文包，一脸严肃，是某财团的大亨？某跨国公司的老板？还是某金融机构的著名银行家？华尔街看上去也就是一条不起眼的普通街道，不料这里却有那么多惊心动魄的财经故事发生。一些人在这里欣喜若狂，另一些人在这里跳楼自杀。导游说，过去经济危机之时，有银行家早上还无任何迹象，晚上就从摩天大楼上跳下自尽了。我禁不住感慨：当一个人为财富所左右的时候，他还能掌控自己的命运吗？

总之，华尔街是个疯狂的地方。导游说，马云的阿里巴巴在这里上市的时候，很是风光了一阵，纽约证券交易所的大楼挂满了阿里巴巴的旗子。用导游的话说，“很给中国人长脸”。

离开华尔街，我们又驱车来到第五大道和万国广场。这里的热闹有增无减。曼哈顿是纽约的中心，万国广场和第五大道又是曼哈顿的中心，这里林立着大大小小的品牌店。导游说，所有国际品牌最新款在这里都能找到，三个月后下架，再换新的，从某种角度来说代表了当今时尚和流行趋势。所以，似乎

华尔街

全世界追赶潮流的人都蜂拥到这里，其拥挤程度不亚于北京的王府井、东京的涩谷、法国的老佛爷商场。不同于那些地方的是，这里明显更加国际化，不像老佛爷商场，在店里疯狂购买，在台阶上躺着坐着倚着的清一色全是中国人。这里不同，欧洲人美国人中国人日本人，混杂在一起，同时穿梭于大小的品牌店间，但总体来看西方人居多，步履匆匆，但神色飞扬，街上店里都是熙熙攘攘，一刻也不得消停。

纽约第五大道上的教堂内景

从50街走到53街，唯一的感觉是：纽约太闹了。

在纽约生活了十年的林语堂曾于他的《美国的智慧》一书中写到纽约，说美国人摩肩接踵的生活场景是人所共知的现象：

潮水般的人流挤进地铁，又挤出地铁。当然，地铁里也就总是拥挤不堪，令人烦躁不安；乘客们的身体得不到任何歇息，他们神经紧张，脸也变了形。人行道过于狭窄，无法在上面悠闲地散步；见不到两侧树林葱郁的林荫大道；人们坐在提供午饭的柜台前，身边是正在旋转的唱片，周围还堆放着其他唱片，他们只用十五分钟就吃完午饭；女士们高跟鞋使得她们脚底和小腿的每一根神经都绷得紧紧的。这究竟是怎么回事？美国人民不需要舒适生活吗？可是，他们宣扬的只是舒适的物质生活。

和我眼前的纽约似无二致。

我不懂名牌，也缺乏这方面的常识，盲目地随着导游和兴致勃勃的团友朝前走了几步，终于意兴阑珊，我跟他们打个招呼说我脱队闲逛了。我优哉游哉地逛到一家不知名的店里，花19美元随便买了一件上衣，作罢。呵呵，我是不是真的很不解风情？但无疑我不喜欢这个城市，正如我不喜欢东京的拥挤和压抑。在我看来，它比东京更加疯狂和变本加厉。

事后一位定居纽约的朋友问我："喜欢我的第二故乡吗？"我没好意思直说怕打击他，我说还好，可是纽约感觉真的太闹了，大都市。说完我乐了。朋友说："那是一个赚钱的地方，跟北京、上海差不多。"我回应："是，能感觉到。北京没有纽约火爆，人太多，一刻不得消停的感觉。"他说："因为有证券交易所，一切向钱看，所以停车一小时要200元人民币。""噢？那倒是不知道。"我开玩笑说："所以我赶紧回来了。"

是的，我们只在这里待了一天。再见了，纽约！

乡间的宁静·困惑

从纽约到布法罗，等待我们的是一天的车程。也就是说8个小时内，除了吃饭和每隔两个小时司机必需的休息时间之外，我们都要在大巴车上度过。

美国是个幅员辽阔、地广人稀的国家，国土面积和中国差不多，人口却只有3亿多。高速路的两旁是郁郁葱葱的树木，由于是盛夏，树木呈现深绿色，密密麻麻看不到远方，不知道是不是如导游所说，美国大部分地表都种植了树木。当大巴车驶出纽约，路过一个个幽静的小镇时，导游说，这里才是能够代表美国的地方，绿茵茵的草坪或一望无际的田野间，稀稀落落地点缀着一栋栋别墅小屋，有大有小，有简有繁，但结构紧凑，有的旁边能看到设有车库，空着或有汽车停在里面。家家户户之间都保持适当的距离，和瑞士差不多。一方面这可能与美国

小镇风景

人均的国土面积相对较大有关。导游说，这些房屋买下来一般不超过10万美元，购买后房屋连同土地的所有权都归房主所有，美国并不缺少土地；另一方面可能也与西方人更加注重私密空间和个人隐私、更加热爱清静自然的生活方式有关，互不干扰。

离开纽约，行驶在郊外的小路上。放眼窗外，是开阔的视线和一览无余的绿，顿时没有了都市的浮躁。一路上家家户户都在花草绿植的环抱之中，门前盛开着不知名的小花，院内常常种着一两棵高大的树木，绿荫如盖，将“家”罩在下面，整个房屋和院落便都在阴凉中了，看上去清凉舒适。朱莉说，美国人喜欢清静，居住区和生活区也是分开的。有很多老人住在

乡村住宅

这里。在中国，子女赡养老人是天经地义之事，而在美国，养育孩子才是不容推却的责任，赡养父母却非理所当然，所以孩子长大后大多离开父母自由生活，这些“空巢老人”由于常年寡居，缺少沟通，很多人得了抑郁症，并且近些年有增长的趋势。为了减少此类现象，体现对老人的关怀，政府也修了不少养老

院，像幼儿园一样，负责老人的日常生活和起居，但更多的老人依然选择独居。如果不是迫不得已，一般不愿意到养老院去。愿意到养老院去的反而是不甘寂寞、喜欢热闹的华人，他们聚到一起聊天、打牌，会过得相对开心。

小镇的周边看不到商场超市，导游说因为他们怕吵，生活用品一般都是开车到专门的区域去买。在美国，汽车是最重要的交通工具，没有汽车，寸步难行。除此之外便是飞机。导游说在美国飞机晚点是常事，晚点以后也不像国内的航空公司服务那么周到，给你吃的，还管你住宿，他们将飞机晚点当成家常便饭，晚点了什么也不管你，顶多给你找另一条航线让你改乘。如果你不接受，那你就等。因为美国的航空系统非常发达，航线很多，“条条大路通罗马”，总会有办法。出租车和公交系统也有，但相对来说不像国内那么方便。这里的出租车很少有空驶供你乘坐，一般都须打电话去叫。据说从你开始叫的那一刻就开始收费了，除了基本的车价，还需付15%～20%的小费。初抵美国，常常会摸不着头绪。

一栋栋洋房别墅点缀在茵茵芳草和花影树丛之中，看上去的确颇富诗意，但设身处地地细细想来，一个喜欢团聚和热闹的人背井离乡地初来此地，是否果真也要适应一番呢？想起北京一个做企业的朋友，几次三番地来美国“考察”，别墅洋房看了无数，价格比北京便宜，但她至今仍未下定决心，就是因为在是否移民的问题上始终举棋不定。单从孩子的教育着眼，她说她有移民的想法，也认为是一个趋势，但若从自身考虑，她却十分犹豫。因为父母姐妹和所有的亲戚朋友都在国内，虽然事业也可以到国外发展，但看到国外家家户户老死不相往来的格局，她陷入了不安的想象：空旷的原野中孤零零守着一座大房子，谁和谁也不认识不来往，遇到麻烦怎么办？孤独索居，一时清静，长此以往，真的能够忍受吗？此时的她还在利弊权衡之中……这个夏天和我一起，她也将儿子送到美国的夏令营，旨在让儿子对美国先有个感性认识。如果儿子感觉良好，或许也会加重她移民的动力和倾向。她随旅行团只身去了黄石和阿拉斯加，想必也是再对美国增加一些丰富的印象。

车还在行驶，旷野的风景调和着思绪的漫游，路上的旅程也不是一味地枯燥，窗外掠过的小镇不时变换着格调。一路上我还注意到，家家户户十有八九的门前挂着美国国旗，有的挂一面，有的两面，有的门前插了三四面，这是自发行为吗？如果是，我当对它刮目相看了。不仅如此，心底还会萌生一丝隐约的感动，对自己的国家发自内心地热爱，以自己的国家为荣，将对国家的热爱内化在心灵里的国民，是多么幸福啊。后来我问朱莉，为什么家家户户悬挂国旗，他们平时都是这样吗？朱莉说不是，她说可能今天是美国的一个什么节日，但究竟是什么节日，她也搞不清楚。

到达另一个小镇，已是中午。从街中心穿过，看到路边一块醒目的大字招牌“长城饭店”，下用英文写着“CHINESE FOOD”，是自助餐。我们的车停下来，就在这里就餐。几天来我们吃的自助餐大致相同，水果、沙拉、凉菜、冷饮，海鲜、炒菜、饺子、米饭、比萨、粥，倒也干净、丰盛，席间我跟前台收银的女士聊天，问她是哪里人，来这里多久了。她说他们都是福建人，来这里十几年了。问她一直开餐馆吗？她笑着说：“是啊，别的不会干啊。”她告诉我这个小镇的名字叫SUNGERY。在美国，像SUNGERY这样的小镇比比皆是，和这位女士经历相似的福建人也很多。之前一个中午我们就餐的一

Sungery 小镇的中餐馆——长城饭店

家自助餐厅也是福建人开的，那个餐厅开在一个生活区，除了包括旅行团在内的中国人去就餐，也看到周边的老外光顾，其中一个50来岁的美国男子很热情地跟饭店女老板打招呼、聊天，一看就是常客。当我问及同样的问题，对方的回答也是“别的不会做，只会开餐馆”。但她也谈起，下一代的年轻人已经不再是这样了。

来美国几日，除了酒店非常简单的西式早餐，每天我们都吃中餐的自助餐或桌餐。朱莉说，她带旅行团这么多年，发现针对中国和亚洲旅行团的“食文化”被忽略了。包括中国人在

内的亚洲人是非常注重“吃”的，而中国人跟团来到美国，多数还是吃中餐，体验不到当地的饮食文化。不过说句实话，和中国讲究色香味俱全的博大精深的饮食文化相比，西方的饮食自然要逊色一筹，牛排、汉堡、三明治，怎么吃也吃不出花儿来，怎么吃也会有吃腻的那一天。而吃在中国，简直就是艺术创造，如果不是食品里常常含有生长素、添加剂、超标农药和地沟油，如果不是无良小贩将耗子肉当羊肉烤，中国的饮食文化带着几千年的文化底蕴将是无以匹敌的。

尼亚加拉大瀑布的险·奇

有“水牛城”之称的布法罗（Buffalo），是位于纽约州西部伊利湖东岸、尼亚加拉河南口的港口城市。到达布法罗的第二天，我游览尼亚加拉大瀑布。

尼亚加拉大瀑布位于尼亚加拉河中段，是美洲大陆著名的奇景，被列为世界七大景观之一。下了大巴车，我就迫不及待地去寻找大瀑布。

尼亚加拉河横跨美国纽约州和加拿大安大略省的边界，是连接伊利湖和安大略湖的一条水道，河流全长54公里，海拔却从174米降至75米，上游水流舒缓，到了布法罗河道突然

尼亚加拉大瀑布

在船上看到的尼亚加拉大瀑布

变窄，水流加速，在一个90度角的急转弯处，突然横亘了一道断崖，丰沛的河水骤然直下，形成举世瞩目的尼亚加拉大瀑布。

如来之前我了解到的，由于大瀑布大部分在美国，面向加拿大全景呈现，所以在美国这边只能看到它的侧面，但站在尼亚加拉河与断崖交界的90度直角上，看河水急流直下，带着怒吼雷鸣汇入峡谷，翻起一片白色水雾，感觉已是十分壮观。大瀑布和大峡谷分属美、加两国，站在这里，虽然看不到加拿大那面的瀑布，但却能清楚地看到断崖那边加拿大街市的楼房、车辆，高楼上的文字也依稀可见。彼时手机上甚至出现了加拿大的信号，收到中国驻加拿大使馆发来的问候，以及话费收取标准等提示。

由此向右看，是横跨峡谷、连接美国和加拿大的彩虹桥，桥的中央竖立着两面旗帜，这边的星条旗和那边的枫叶旗在此划清美国与加拿大的边界，走到枫叶旗那边，就是到加拿大了。美国人到加拿大很容易，桥上不

美国和加拿大边界的彩虹桥

乏人来车往，但没有加拿大签证的旅行者则无法通行。此前我曾报名参加美国、加拿大和墨西哥的北美三国之旅，但因遇上美国签证系统崩溃，时间一再延后，最后耽误了加拿大的签证，只好临时更改了行程。看着彩虹桥上的一步之隔，未免心生遗憾。然而如旅行社的业务员张帆所说，这是“不可抗力”。人力不能及之处，就让它顺其自然。

美国和加拿大边界的彩虹桥

由此向左，回望尼亚加拉河，河水一路奔腾，滚滚而来，在流向断崖之前就已是汹涌澎湃，攒足了能量，骤然流下的刹那更是势不可挡。我们沿河往回走，逆流而上，

尼亚加拉河上的铁桥

见河的中央不时出现石块和木头，河水急速绕开，欢歌奔腾，对岸是苍翠的树木，沿河密布。走不多远，看见一座宽阔的铁桥，横跨在尼亚加拉河上，走向对岸的人和走回来的人分别在左右两侧，井然有序。我随右侧的人走过桥去，对岸林木葱茏，绿草如茵，下午的阳光将大树的影子投射在绿草地上，丝绒般柔软，有孩子跑进绿地，自得其乐地绕了一圈，又跑回来，继续前行。桥头有一两个工作人员模样的人坐在那里值守，当我的视线转向他们，其中一位对我点头微笑。刚过桥，碰见同团的一位女士从远处过来，问她那边有什么，回答说是从另一个角度看瀑布。由于一会儿我们还要坐船游览，所以我看了看她拍的照片，便跟她一起往回返。

乘船的游览则真正地让我感受到大自然的震撼力了。我们穿着雨衣上船，载了500人的大游船从峡谷的谷心直接开往大瀑布，先是经过左边美国的瀑布，瀑布沿着断崖一溜排开，宽阔的瀑布伴着哗哗的巨响铺天盖地地从几十米的断崖倾泻而下，在眼前激起巨大的浪花和漫天的水雾。风很大，头发散乱地在

乘船游览尼亚加拉大瀑布

风中飞扬，密密的水滴打在身上。船上的人都被眼前的景象惊呆了，躲着，笑着，按着相机快门，发出愉快的惊叫。被卷入激流之中的刹那，我对准大瀑布想要照相，而手里的相机已经湿了，按了半天快门没有任何反应。等过了大漩涡，才用手机补拍了一两张，而那时瀑布已在身后了。船继续前行，沿途有很多水鸟在水上翻飞嬉戏，似乎早已习惯了这里不同寻常的景致。可是没走多久，加拿大那面的瀑布出现了，以迅雷不及掩耳之势从悬崖倒下来，又是一阵狂轰滥炸，船上的游人又是一阵骚动，而彼时我们的船已经被卷在漫天的水雾中了，看不清瀑布，也看不清天空，瀑布和天空在眼前已连成白花花一片。伴着游船的飘荡和人们的惊呼，像好莱坞大片一样惊心动魄。大自然的伟力，有幸让我见识。人间奇景，有机会还是不要错过。

尼亚加拉大瀑布，不知道绵延多长，我们的船走了两段，见识了它的神奇，就调头回来了。可是大家意犹未尽，个个脸上洋溢着兴奋的表情。

尼亚加拉河边休息的人们

尼亚加拉上空的海鸥

在布法罗，还有很多关于大瀑布的传说，人们把它拍成电影在这里播放着，更给它增添了很多神秘的想象。尼亚加拉大瀑布，印第安语意为“雷神之水”。据说在很早以前，大瀑布被发现之前，当地的印第安人只闻其声，如雷贯耳，但不见其形，他们认为这是雷神的声音。后来被一个印第安人偶然发现。像美国很多其他的旅游景点一样，尼亚加拉大瀑布至今仍由印第安人管理经营。

走出船舱，我们都被大自然的伟力折服了，不虚此行。如果你来美国或加拿大，大瀑布是必去之地。

总统的责任·胸怀

从布法罗驱车至华盛顿，又是一天的行程。

车在空旷的道路上不停地奔跑，我们的旅行再次在轮子上展开了。浏览窗外，不时有小镇略过，风格和纽约至布法罗的途中看到的大致相同。不同的是，当车行驶在宾夕法尼亚州的道路上，导游给我们讲起了美国的历任总统和被人们牢记的华盛顿、亚当斯、杰斐逊、罗斯福和林肯。

被称为美国国父的首任总统乔治·华盛顿，在美国独立战争中任大陆军总司令，为美国的独立作出了卓越贡献。1789年当选为总统，1793年再度连任。而当1797年两届任满时，华盛顿却拒绝再度竞选，退隐归田，回到家乡过起了平民生活。真正的政治家，追逐的或许不是至高无上的权力，而是在一个个特殊的时刻，确确实实为了内心的某个信念在奋斗。越是头脑睿智、胸怀宽阔、了悟人生的大人物，越会将世间名利和身外之物置之度外，在人生的巅峰时刻依然保持清醒，乐于平淡，返璞归真。

美国首都华盛顿，就是以美国的缔造者、首任总统乔治·华盛顿的名字命名的，全称是华盛顿哥伦比亚特区，简称华盛顿D.C.。乔治·华盛顿把地址选在这里并认真地进行了城市规划，但最终并未入住华盛顿，而是在头一年的12月15日与世长辞。人们为了纪念他，特意在华盛顿树立了华盛顿纪念碑。为了缅怀这位德高望重的开国总统，华盛顿至今规定不得建造超过纪念碑176米高度的建筑物。

讲到这里，导游纠正了大家一个常识错误，说来到首都华盛顿，一定要说华盛顿D.C.，或者只说“D.C.”，因为在美国，包括华盛顿州、华盛顿市等在内总共有36个地方叫“华盛顿”，如果你说你去华盛顿，人家很可能将你支到完全不相干的另一个城市。是的，前不久我和一个在纽约的朋友通过微信聊天，当说起华盛顿时，他就很自然地纠正我说是“D.C.”。

再说美国的第二任、第三任总统约翰·亚当斯和托马斯·杰斐逊。作为美国《独立宣言》的主要起草人，亚当斯和杰斐逊也有了不起的贡献和动人的故事。不同的性格和背景致使两个人有不同的思想和行事风格，但起初并未从根本上阻止两个人的友谊，他们通过日常往来及书信探讨政治和人生，不同政见的扩大和个人误会的加深，致使他们在后来相互对立。然而两位都心系国家，彼此关注。1776年7月4日，亚当斯和杰斐逊参与签署的《独立宣言》宣告美国独立，50年后1926年的7月3日，在杰斐逊临终弥留之际，问家人的最后一句话是“今天是4号了吗？”他在昏迷中顽强地坚持着，似乎就是在等待这一天，等待独立日的这一特殊的时刻。第二天，7月4日，独立日到来的午后不久，这位总统停止了呼吸。而几乎与此同时，和他纠结一生的约翰·亚当斯也突然中风失去了知觉，于同一天辞世。巧合抑或天意，都给人们留有太多想象的余地。

美国第16任总统亚伯拉罕·林肯也是一位不同凡响的人物。作为美国人心目中最伟大的四大总统之一，名字曾被雕刻在总统山上，因结束了美国的南北战争、废除了奴隶制度在世界历史中亦留下浓重一笔。他怀着“为争取自由和废除奴隶制而奋斗”的政治理想和他亲自起草并颁布的《解放奴隶宣言》，取得南北战争的胜利，让400万奴隶获得自由，并因此成为黑人解放的象征。但奴隶主却对他万分仇恨。1865年4月14日晚上，林肯被南方奴隶主收买的一个暴徒刺杀。他遇刺身亡后，美国正式废除了奴隶制。林肯成功维护了美国的统一，以生命的代价为推动美国社会向前发展作出了贡献。

如今，人们在华盛顿纪念碑的对面建立了林肯纪念堂，他的著名演讲——被誉为英文演讲最高典范的葛底斯堡演讲词印在他身后的墙上，供世人缅怀和瞻仰，他的目光依然坚定。

历史的云烟已经远去，但伟人的功绩和精神仍在惠泽和鼓舞着后人，其丰功伟绩没有在世人心中湮灭。华盛顿纪念碑、林肯纪念堂、杰斐逊纪念堂就是他们为世人留下的精神丰碑。

对艺术的追求·对生活的爱

一

在头一天来华盛顿的路上，导游朱莉就鼓动大家参加第二天的自费项目——游览博物馆和奥特莱斯购物。虽然这两个项目均不涉及门票（美国的博物馆是免费参观的，购物场所更是如此），但导游每人要收取车费和服务费，而且将原定50美元游博物馆和60美元游奥特莱斯二选一的活动绑定在一起，变成了如果想去，两个都必须去，每人收取100美元。虽然大家的需求并不一致，有的只想去博物馆，有的只想去奥特莱斯，只有不到1/3的人两个地方都想去，但导游还是强势地做出一刀切的决定，在车上不停地游说大家两个都去。

华盛顿街头

对于这样的强势和反复游说，很多人是反感的，明明知道这是在“挨宰”，但更多的人碍于人生地不熟和语言不通，最终只能任其宰割了。我想去博物馆，尤其想去美国国家美术馆，之前在纽约因行程中没有安排，已经错过了大都会博物馆。在这里，我不能再错过国家美术馆了，我不想让我的行程变成单纯的观光而无一点文化艺术气息。但我不想去奥特莱斯，因为购物不是我此行的主要目的，而且我们的行程里还有很多的购物环节，其中包括奥特莱斯。我不想将华盛顿的时间浪费在购物上，何况我还要额外交出50美元的费用去并不想去的地方。

当我提出我只想去博物馆的想法，导游建议我交50美元和大家一起去博物馆，但我怎么回来她就不管了，表示无法再来接我。碍于面子，我未置可否。当晚我和导游同住一屋，早上醒来，她还在鼓动我，可我已经拿定了主意，决定不被“绑架”，要给自己一个真正的“自由活动”时间。我说我不参加了，决定自由前往了。朱莉还试图说服我，“我将你带过去多好啊！”但我的态度已经十分坚决，我要将时间和自由完完全全地交给自己掌控，作一次单独的探索。

朱莉有些失望，但见我主意已定，于是对我说：“那你别告诉其他人你要打车去，如果大家都打车去，我就做不下来了。”本来她刚从餐厅吃完早餐回来，见我洗漱完毕要下楼吃早餐，竟然对我说：“那我跟你一起去吧。”此举在我看来，有点煞风景，这不又是一场“绑架”吗？

我吃我的早餐，她凑到另外一桌正在进餐的团友那里聊天。就这样，“看着”我和其他几位团友吃完早餐，她“放心”地带着他们上了大巴车。这让我很长“见识”，由此也不得不对美国的华人导游产生了“看法”，心说即便国内的导游现在也已经不这样了吧？这种现象在国内，可能十几年前比较普遍。

随它去，我不能让它影响心情。回到房间，我慢慢悠悠地磨蹭了一会儿，换好衣服，来到前台，让服务生帮我打车。

华盛顿街景

这是一个30来岁的热情的老外，听说我要打车去国家美术馆，他似乎有些惊讶，问：“你确定要打车去吗？”被他这么一问，我含糊了：“除了出租车，还有其他交通方式吗？”老外说有地铁，酒店的Suttles可以免费将我送到地铁站，然后坐地铁直达博物馆。接着他又拿出地图，将酒店和博物馆所在的车站位置分别在地图上清晰地标出来，一目了然，而且我发现目的地的周边全是博物馆，实在是很方便。我非常高兴地告诉他，我选择坐地铁了。问好回来的路线之后，他让我在大厅的沙发上等待Suttles。

沙发上还坐着三个老外，看上去是一家三口。过了大约5分钟，Suttles来了，那三位和我一起上了车。

Suttles将我们送到地铁站门口的停车场，同车的女老外问我去哪里。当我打开地图告诉她我去博物馆时，她面带笑容地说他们也要去那里，让我和他们一起走。走进地铁站，由她问路，在地铁服务人员的帮助下，每人花了7美元买票进站。我们一路聊天，她说她是德国人，一家三口来旅行。她身旁的女孩十七八岁的样子，是她的女儿，金发碧眼，头发自然地披在肩上，很漂亮，不说话，却面带微笑。她说她的女儿18岁，在上高中。我也聊起自己的女儿。她打开地图，给我看那个橙色的线路，说这个线路很有趣，可以到很多地方。我定睛看了看，那正是我们正在乘坐的地铁线。在地铁站里，我看到不同的线路用不同的颜色来标示，除了橙色，还有绿色、蓝色、灰色等。女士问我："你还要在这里待多久？"我不无遗憾地说："明天就离开了。"也许她还要沿着这个橙色的线路去游览很多地方吧。自由行不同于跟团旅行，相对来说还是会更灵活、更惬意一些，

Freer美术馆内

希望他们玩得尽兴。

地铁开始还在地下，一会便钻出了地面，见到了阳光，跟北京的轻轨差不多。走了大约十几站，不知不觉到了我们要去的Smithsonian。从车站出来，我们道别后，就分手了。

我一路打听到国家美术馆怎么走，有的人能说清楚，给我指出了大致方位；有的说不清楚，但仍然打开地图不厌其烦地帮我分析、辨认。这时我想起来，来这里的很多人，即便是长着西方人的面孔，也都是和我一样的外国人，对这里未必十分清楚。我走走瞧瞧，并不着急，朝着美术馆的方向走，同时也不放过眼前的景观。当走到一家写着“Freer Gallery of Art”的门前时，我走了进去，这是计划外的，我们的行程包括自费项目里都没有这家博物馆，导游朱莉也没提到这家博物馆。可是没有想到，我在这里却意外地邂逅了八大山人——有单独的

Freer 美术馆

Freer 美术馆内的八大山人作品展室

一个馆陈列八大山人的几十幅书画作品。爱好书画的我对八大山人慕名已久，其复制品也见过不少，但没想到却在这里见到了真迹，真是意外的惊喜！展馆很安静，我流连其间，不忍离去。在他的一花一草、一枝一叶、一笔一画中静下心来，体会八大山人当年的心境，以及在历经沧桑之后不着一物的超凡脱俗的境界。在他的书法和绘画作品中，真的看得到。有时候，艺术的生命的确是从苦难中孕育出来的，然而只有超越了苦难，才能发出动人的光彩，获得永恒的力量。为艺术而艺术是孱弱的，

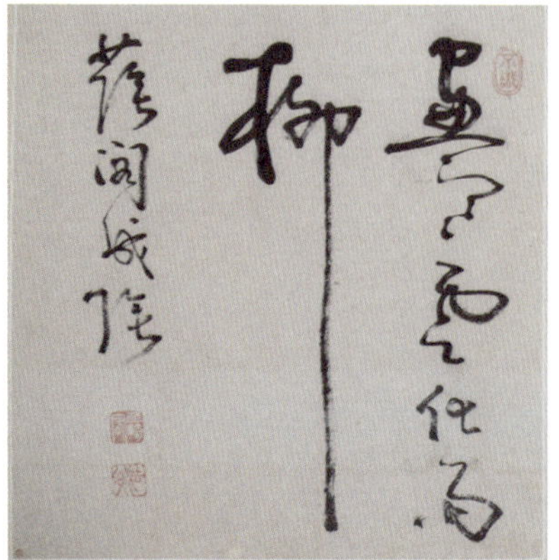

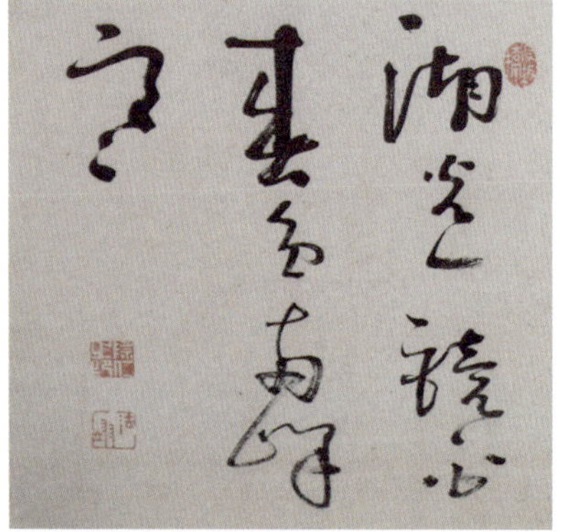

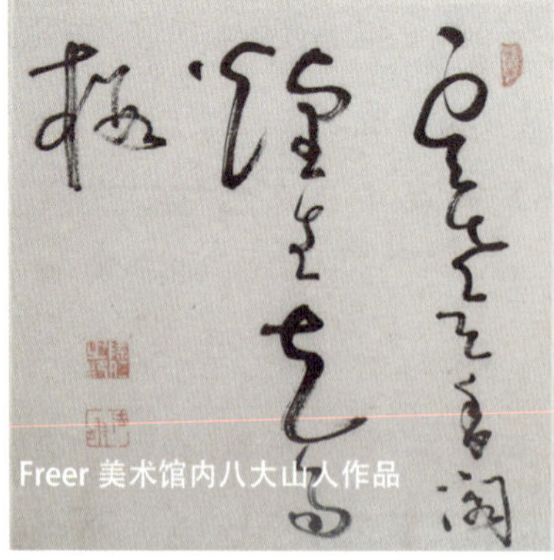

Freer 美术馆内八大山人作品

只有和生命连接，才能超越艺术本身，只有消除艺术和人生的界限，才能得到真的艺术和真的人生。大艺术家用颜料去呼吸，用笔去舞蹈，让书画去歌哭，然而更为难得的是从现实的歌哭中走出来，趋近和拥抱人性中的大光明、大希冀和大未来，以内在的光明迎接普世的光明。

展厅内游人并不多，有人进来又出去，并未在此停留太久，有的人索性伸进头瞟了一眼就离开了，并未表现出兴趣——国画作为中国古老的传统文化，未必能被异国的现代人读懂和接受。我不知道他们是如何理解中国书画，如何理解八大山人的，但对一国艺术的理解，需建立在对该国历史文化的理解之上，隔世的知音，同时还需要有相同的灵魂。这时展厅里进来一个戴眼镜的男士，斯斯文文地一幅幅仔细端详着，看上去像中国人，于是我请他帮忙照相，顺便问他是不是中国人。他说是，在华盛顿工作，今天特地带国内来的朋友看展览。他告诉我这是一个私人收藏的博物馆，这个博物馆挺好的，他很喜欢。是的，我也很喜欢。除了中国画，还有亚洲和世界各地的其他收藏品，如日本的浮世绘、中国的瓷器等。博物馆不大，但别具特色。

大饱眼福之后，我开始庆幸没有跟团旅行了。这种自由的闲逛不仅没有时间限制，而且还有意外的发现和收获。

从这里出来，我直奔国家美术馆，生怕意外的诱惑太多，最终使我迷失了最初的目标和方向。继续往前走，经过游客服务中心时，眼前出现一男一女，贴墙站着，女的亚洲人面孔，突然热情地问我："Are you Korea？"我说："No,I'm Chinese."男的留着大胡子，美国人面相，礼貌地附和："You

Freer 美术馆内的一个展室

are beautiful.”我道了声“Thank you”，微笑着走过，但内心美美的，暖暖的。在那一刻，心头掠过一丝温馨。

二

前方左转，即到了美术馆的街上。一座白色建筑出现，目的地就到了。上面没有字，但问了门口的工作人员，才知道这就是美术馆。

在美术馆的门口，从英语、日文、中文等各种版本的小册子中，我取了一张中文介绍，得知美国国家美术馆成立于

1937年，是根据国会联合决议通过的安德鲁·梅隆捐赠案，为全美国人民所建立的，创办人梅隆是著名的金融家、艺术收藏家和社会公益家。他的赠礼包括古代艺术大师的绘画和雕塑，以及预定在华盛顿国家广场上兴建一座收藏及展出这些作品的新博物馆。1941年3月17日，罗斯福总统代表美国人民正式接收落成的国家美术馆，并于翌日开放参观。这座由约翰·派普设计的宏伟建筑，是当时世界上最大的大理石建筑物。梅隆先生当初期望借由新建立的国家艺术馆来抛砖引玉，吸引大量私人收藏者的目光。他的心愿很快实现了，大量私人收藏的欧美艺术品纷纷而至，至今仍有数以百计的捐赠者和艺术家将自己的宝贝贡献于此，成为一脉相承的传统。

美国的艺术博物馆以欧洲艺术博物馆为范本，但大多于私人捐赠的基础上建立，国家美术馆如此，FREER艺术博物馆亦如此。

美国国家美术馆

毕沙罗作品《农妇》

进入美术馆，真是进了艺术的圣殿，仿若参加一场盛筵。世界各地的艺术品、雕塑、绘画、器物，文艺复兴前的，文艺复兴后的，一件接一件，按大致时间和国别排列，虽然只有地上两层和地下一层，比不上卢浮宫的规模和知名度，但几乎也是包罗万象。馆藏的4万多件艺术品，涵盖了从欧洲中世纪到现代、美国殖民时代到现代的艺术品和许多世界著名的绘画精品，威尼斯及意大利北方文艺复兴时期绘画、佛罗伦萨及意大利中部文艺复兴时期绘画、17～18世纪意大利绘画、西班牙绘画、德国绘画、17～19世纪法国绘画、美国绘画、英国绘画等在此都有主题展，几乎件件精品。其中达·芬奇的Portrait of Ginevra de' Benci作为达·芬奇在北美的唯一收藏而成为镇馆之宝。

美国国家美术馆内藏品

我没有刻意去找达·芬奇的作品，没有刻意去找他的Portrait of Ginevra de' Benci，也许是已经在卢浮宫见过《蒙

一个展室

美国国家美术馆内临摹、研习的美术爱好者

娜丽莎》的缘故，但我却怀着极大的兴致去找83号馆，那是展示梵·高作品的专门展馆。在打听到梵·高作品所在之时，翻看地图，我恰恰站在83号梵·高馆的对角线上。在粗粗地浏览了这半边之后，我果断地掉转方向奔向梵·高作品展馆。然而沿途我被太多的作品吸引，不得不时地而停下来，认真端详。知名的，不知名的——美不被名利束缚，并没有固定的条条和框框。在一个展厅内，我看到一个貌似日本妇人的中老年画家，在一幅静物作品前支着画架，不知道临摹了多久，但作品已经接近完成。与原作对比，无论色彩还是形态都极为神似，难分彼此，引来很多人围观和拍照。画家，或许不是画家，只是美术爱好者，暂停了手中的工作，操着英文正与一位显然也是艺术爱好者的貌似日本人的游客聊天，聊得投机，神态却始终温婉而平静。花开得绚烂，人活得精彩。展厅内不

美国国家美术馆内临摹、研习的美术爱好者

美国国家美术馆内临摹、研习的美术爱好者

乏如此的画家和艺术爱好者，时不时地还能看到学生带着画板、颜料在此临摹。有的，只是带着一个简单的小本，静坐自己喜欢的画前临摹几笔。

这里的收藏极其丰富，相比之下，美国本土的作品并没有想象中那么多。也许因为美国是个太过年轻的国家，前后不到三百年的历史，所以看它的人物画就是有些生涩，没有法国和意大利作品的厚重和富有底蕴，除 Mary Cassatt 的一幅 *Little Girl in a Blue Armchair* 引起我的好感之外，其他的人物画都未留下特别深的印象。但它风景画的品质却很优良，有点俄罗斯风景画的味道，这和他们拥有同样丰厚的自然资源、同样广袤的土地，对大自然有着同样的挚爱应该有很大的关系。对大自然的描述不需要历史，不需要文化，只需要一份宁静的心灵和真挚的情怀。所以在我看来，美国展厅的风景画件件是精品。当看到Frederic Edwin Church的*Niagara*，我又一次被尼亚加拉大瀑布的壮观震撼了，尤其在游览了大瀑布之后，站在他的马蹄形大瀑布作品前，便多了一份由衷的感情和认同。Fitz Henry Lane的*Lumber Schooners at Evening on Penobscot Bay*，John Frederick Kensett的*Beacon Rock，Newport Harbor*，Worthington Whittredge的*Second Beach,Newport*则透着宁静平和的美，与外界的流行和浮躁保持着天然的距离。

Frederic Edwin Church 作品《尼亚加拉》

中厅的雕塑作品中，也有一件十分打动我心，那就是博物馆大厅一侧角落的Jean-Baptiste Carpeaux的*Girl with a Shell*，女孩左手托腮，右手轻抚着头上的贝壳花环，身体呈现出自然柔和的曲线，面容和表情如天使般姣好和纯洁，唤起人性中无限的真善美。看到她的一刹那，就像看到自己的女儿般激起内心无限的爱恋。

莫奈作品《睡莲》

一个个展馆看下来，忽然看到过去只在印刷品中见过的莫奈的睡莲在眼前真切地出现了，他的 *The Japanese Footbrigde* 和他其他的印象派作品一起，在一个单独的展厅里展出。过去单凭印刷品的印象，我对莫奈并没有特别的热爱，但驻足他的 *The Houses of Parliament, Sunset, Waterloo*

Jean-Baptiste Carpeaux 的雕塑《戴贝壳的女孩》

美国国家美术馆内的雕塑作品

Bridge, London,at Dusk,Rouen Cathedral,West Facade 和 *The Artist'sGarden at Vétheuil* 前，不知为什么，刹那间对他的画多了一份喜爱。在真迹的画作中，也许多了一份无形的力量，它通向画家的秘密之地。同时展出的还有毕加索、高更、毕沙罗、马蒂斯等大师的作品，共同烘托出光彩照人的气场，再现了文艺复兴群星灿烂的图景。他们的很多作品，也许是以前看得多、听得多，耳熟能详的缘故，当站到那些画作真迹前，一下子感觉那么熟悉和亲切，仿佛跨越了时空，与大师一一对话。经过了时间的洗涤，这对话早已祛除了芜杂的细节，祛除了迷茫和苦痛，在那一刻变得舒缓而又平静。

毕沙罗作品《艺术家在 Frnagny 的花园》

过去对毕沙罗很少注意，但在这里，他的作品不断在视线中出现，在大师的展厅中占据了重要位置，其*The Artist's Garden at Erangny*，艺术家正弯腰在自己的花园里劳作，美丽的小房子掩映在树木花草中，一派宁静的居家生活图景；他的*Peasant Woman,The Gardener-Old Peasant with*

*Cabbage*是健康、朴实的农妇和农夫形象，作品中透着劳动的快乐和浓浓的生活气息，表现朴实的劳动之美和健康平实之美，有种温暖的情愫在里面。据说，在印象派诸位大师中，毕沙罗是唯一一位参加了印象派所有8次展览的画家，是始终如一的印象派画家，他对印象派的重要意义甚至超过莫奈。如同他的画中充满了温暖平和的气息，他的品德也曾一度赢得当时的艺术家和世人的尊敬，人品和艺品达到了完美的统一。

见到他们，离我寻找的梵·高真迹就不远了。

那个在常人看来孤独、怪僻而又神经质的男人，就在那个挂满了他的作品的墙上静静地待着。几百年过去，没有一丝的焦躁与不安——那是他的自画像，在那充满了暖调的氛围里，于他的脸上似乎已找不到当年的痛苦和焦虑——一切的一切都消逝了，一切的一切都一去不返了，这里没有他的《向日葵》，没有他的《夜间咖啡馆》，没有他扭曲得变了形的《柏树》和《星空》，也没有他炽热得近乎发狂的黄，他回到了他安详宁静的一面，回到了与诗和音乐相连的地方——那才是他永远的家园和故乡。他所有的挣扎和躁动都是为了回到家园和故乡，回到这怡然宁静的时刻。在那里，他伴着他的*Still*

莫奈作品《伦敦国会大厦》

Life of Oranges and Lemons with Blue Gloves，他的*Girl in White*，他的*The Olive Orchard*和他的*Roulin' s Baby*，静静地待着。

作者在梵·高作品前

见到了梵·高的真迹，我便不虚此行。见到了梵·高的真迹，华盛顿于我，便有了更具象更实际的意义。而之前在欧洲的博物馆，我却无缘与他的真迹相见。

这便是我来华盛顿的意义。即使不再去别处，我心里也已满足。

我要在这里多待一会儿。我要与这个与我有过无数次心灵感应的大师多待一会儿，用我真挚的热情，去抚慰片刻他丰富却曾无助的心灵。而我知道，冲动抑或平静，他作品中无以阻挡的生命气息，都将带他走向永恒。伟大的人多数历经磨难，而不朽的人终将不朽。

（注：半夜起来，正写着上面的文字，忽然收到女儿从大

都会博物馆发来的梵·高的作品。她很高兴，因为找到了梵·高真迹。谢谢亲爱的宝贝！）

三

一块土地再发达，再繁荣，或许也不应该忘记最早拥有和开发这片土地的人。对于美国来说，那就是在没有美国之前就生活在这里的原住民印第安人。

那时的印第安人，还过着群居的部落生活，虽然原始，却也无忧无虑，不知道何谓战争、剥夺和杀戮。哥伦布发现美洲新大陆，给这片土地带来生机，同时也带来灾难。随着白种人的陆续迁入，占有的欲望也日益膨胀。他们不顾印第安人的存在，视其为野蛮时代的动物，以自以为“文明”的大脑，对印第安人坑蒙欺诈，采取一系列非人的迫害，试图将他们赶尽杀绝；通过强取豪夺，将肥沃的土地据为己有。美国独立后，欧洲的白人成为这个国家的主人，而印第安人更是被排挤在外，成为新一轮被迫害的对象。天真而又单纯的印第安人对这些灾难始料未及。终日与大自然和谐相处、心怀感恩的他们，怎么也不会想到，初登美洲大陆之时，一度被他们当成贵宾欢迎和款待的欧洲人会对他们下此毒手。几年的时间里，其人口数量就从8000万骤减至2000万，昔日的乐园成了人间地狱。侥幸存活下来的印第安人，被迫离开家园，逃生到荒山野岭和寸草不

美洲印第安人博物馆

生的大沙漠里……

苦难的印第安人，你应该到哪里讨回公道？

正是怀着这份历史的沉重感，我走进美洲印第安人博物馆，看看这个历尽磨难的族群，该有多么的沧桑和负累！

然而，出乎我的意料，展室里的印第安族群依然是那么单纯无邪，他们将自己的语言、自己的文字、自己的生活和自己如诗般的信仰展示在那里，没有丝毫的怨天和尤人。他们还在以虔诚的眼神和古老的仪式敬着天，敬着地，敬着神灵，敬着给予他们生命的河流、山川和谷物，在单一和贫瘠中孕育着丰富和博大，在自然的淘洗中使自我的心灵变得愈加明净。他们说：“Our philosophies of life come from our ancestors,they taught us to live in harmony with the animals,plants,spirit world,and the people around us.”（我们的生活哲学来自我们的祖先，他们教会我们与动物、植物、心灵世界以及周遭的人们和谐相处。）遭遇了杀戮，他们依然信仰着七个“Teachings”：诚实，爱，勇气，真理，智慧，人道和敬意。

他们视水为生命，在恶劣的环境中时时感恩，“In New

美洲印第安人博物馆内层展厅内

Mexico's hot,dry climate,water sustains people,plants,and animals.We are thankful for the water that creates pottery.We are thankful for the clouds,rain,and snow that feed the spings,rivers,and our people."（在新墨西哥炎热、干燥的气候中，水滋养着人类、植物和动物。我们感谢水创造的器皿，我们感谢云、雨、雪、它们孕育了甘泉、河流和我们人类。）

在参观的一个小时里，我的内心始终被一种平和、诗意、虔诚的氛围和精神感染着，让人心生感动。临闭馆前，在博物馆一楼的印第安人纪念品店的图书角，我偶然地看到一本名为《感恩颂》（*Thanksgiving Address*）的小册子。在这本小册子里，他们用诗一样的语言和心灵感谢水，感谢鱼，感谢动物，感谢谷物，感谢树，感谢阳光，感谢星星，感谢与他们和谐共处的世上一切的存在，在感恩动物那一页，他们说，"We gather our minds together to send greetings and thanks to all the Animal life in the world.They have many things to teach us as people.We see them near our homes and in the deep forests.We are glad they are still here and we hope that it will always be so.Now our minds are one."（我们对这世上所有的动物族群致以衷心的问候和感谢，他们像人类一样教会我们很多事情。我们看到它们在我们的家园附近，或在森林的深处，我们欣喜于它们还在这儿，并希望它们永远在这儿，此时我们彼此同在，身心合一。）

在感恩鸟的那一页，他们说："We put our minds

together as one and thank all the Birds who move and fly about over our heads.The Creator gave them beautiful songs.Each day they remind us to enjoy and appreciate life.The Eagle was chosen to be their leader.To all the Birds-from the smallest to the largest-we send our joyful greetings and thanks."（我们平心静气，衷心地感谢在我们头顶飞翔的小鸟，造物主给了它们美丽的歌声。每天它们提醒我们享受和感恩生活，鹰被选择为它们的首领，对所有的鸟类——从最小的到最大的，我们致以欢乐的祝福和由衷的感恩。此时我们彼此同在，身心合一。）

在感恩星星的那一页，他们说："We give thanks to the Stars who are spread across the sky like jewelry.We see them in the night,helping the Moon to light the darkness and bringing dew to the gardens and growing things. When we travel at night,they guide us home.With our minds gathered together as one,we send greetings and thanks to all the Stars."（我们对那珠宝般在天空中闪烁的群星致以衷心的感谢。在夜晚，我们看到它们和月亮一起照亮黑暗，向花园和生长的植物洒下雨露。当我们在夜间赶路，它们指引我们找到回家的路，我们要向所有的星星致以最由衷的问候和感谢。此时我们彼此同在，身心合一。）

历经磨难，他们的灵魂和思想依然清澈如水，虔诚笃信，闪烁着耀眼的光芒。

然而，越是纯洁柔弱之物，就越易受到攻击和伤害吗？遥想那不堪回首的从前，我由衷地感慨：历史可以不再重演吗？人类可以自觉地杜绝残忍和血腥，让美好和无辜的一切得以繁荣和延续吗？

印第安人，这个偶然的下午，因为遇到了你，也请让我合十感恩。

四

从印第安博物馆出来已是下午5:30，我不敢晚归，于是去找地铁站。

像在北京一样，我习惯性地不记路，左绕右绕之后，早记不清地铁站在哪个方位了。还好我擅长问路，所以一路走一路问。先是一位热情的女士给我指出大致方向，虽然她很确信，但我感觉似乎和来时的方向不太一致。按照她指的路线往回走，但我内心却有些犹豫和打鼓。等拐过弯去，看见大树底下停着一辆警车，旁边站着几个警察，我走过去，问其中一位胖警察地铁站在哪里。他大手一指，没错，也是那个方向，并且指着前面的草地对我说“这么过去”。我疑惑地问：“从草坪穿越吗？草坪可以踩吗？”他很肯定回答：“Yes”。

脚踩到软软的草地上，发现这里已经聚集了一些人，他们在那里支着椅子，铺着地垫儿，推着儿童小推车，站着躺着坐着，拿着吃的喝的，仿佛在等待什么。再看前面，立着一个大屏幕，上书“SCREEN on the GREEN”，要放露天电影吗？转头看向左边，是远处罩着大架子正在维修的国会大楼，右边是铅笔状直指天空的华盛顿纪念碑，脚下是开阔的芳草地，头顶是夕阳映红了的云彩和天空。今晚，他们将享受一场怎样的电影盛宴？好莱坞大片吗？可惜我只能想象，无法久留。

走过绿草地，又问小卖部前坐着的一位年轻男士地铁站怎么走，显然他对这里也不熟悉，但他掏出手机帮我“google”，搜出地图给我看，可我看见地图就晕，在北京还是如此，就不用说在美国看一大堆英文了。所以问他眼下应该怎么走，他埋头看了看地图，然后指了指前方，告我直行，再左转。我按照他指的方向直行并左转之后，又陷入了迷茫。这时看见一个背着包貌似刚刚下班的男士，我走上前去，拿出我随身携带的地图，告诉他我要找地铁站。他说地铁站在前面，让我跟他走。我问是我要找的Smith sonian地铁站吗？他说不是，看了看地图，是Smith sonian的前一站，叫L’Enfant Plaza，他问我一定要找这个地铁站吗？我犹豫了片刻，说不，最近的地铁就好了。他让我继续跟他走，走了没几步，在一栋大楼前出现了一部通向地下的电梯，他将我送到入口，说就是这里了。我向他道谢后，就随人流走进了地铁站。

这时乘坐地铁的人明显比上午出门时多了很多，出现北京所谓的“高峰期”，夹着公文包的，穿着职业装的人明显多起来。再加上这个L’Enfant Plaza貌似是个大站。从地图上看，是很多线路的中转站。而实际走进地铁站内，也有四通八达的很多线路和标志，我依然边走边问，最后拿出10美元，请一位手

美国国会大厦前面的绿地

拿公文包的老外帮我从机器里取出一张去 West Falls Church 的票。按照老外的指示，我又下了一层，但下去之后，发现没有我要坐的橙线，又上来从另一个入口乘电梯下去，这回对了。跟前面排队的一位大叔确认无误后，排在了他的后面。他说他也坐橙线，于是我踏踏实实等着了。美国人爱说话，大叔不停地跟我聊天，问我从哪来，在华盛顿待几天，然后去哪里……当听说我来自北京，他表现出愉快的神色，说他还想去北京，可见以前去过，我说“欢迎”。聊着聊着橙色线的地铁来了，车上有座，他在我的旁边坐下继续跟我聊。我摊开地图，问他哪一站下车，他指了指，就是前面三四站的样子。

到了站，大叔下车了，这时又上来一位亚洲面孔的男士，30来岁，文文气气，貌似中国人模样，坐在我的身边。无论如何在洋面孔中看见同类还是令人高兴的，一上来我就问他：

作者在美国国会大厦前

"请问您是中国人吗？"他说是。我心情一下放松下来，这下好了，不用端着说英文了！他问我旅行的情况，我一五一十地跟他述说一遍我的行程，然后问他叫酒店的Suttles是不是要提前给他们打电话。我拿出了酒店服务生事先给我留下的电话，他说这是在地下，没有信号，并且说到了地面他帮我打。我问他哪一站下车，他说他要到终点站。一路上聊着，他说他是上海人，来美国十几年了，在华盛顿工作。见我一人出来，英文想必也不是很熟练，他就说："你一个人出来也挺不容易的。"呵呵，异国他乡只身闯荡，自己也成了别人同情的对象。我记不清是Virginia Sq-GMU站还是Ballston-MU站，他拿出手

地铁 East Falls Church 站

机按照便笺纸上的号码打过去，听到他电话里说“East Falls Church”，我向他纠正说是“West Falls Church”，这时又听到他对着话筒说：“你确认是 East Falls Church”吗？说完就挂了电话，告诉我就在 East Falls Church 站下车，然后在旁边的停车场等酒店的班车就好了，要认清车上的标志。我有些迷惑，出门时酒店的服务生明明在地图上给我标的是 West Falls Church 啊。看我迷惑，他再次肯定地对我说：“没错，就是这站，到了。”临下车的刹那他还不忘嘱咐我，如果 20 分钟车不来，你再给酒店打电话。我匆匆忙忙道了声“多谢”，摆了摆手，就下车跟他“再见”了。下了车，看着橙线远去我才意识到，人家用自己手机给我打电话。我怎么提都没提电话费的事呢……美国是个时兴小费的国家，按照导游的话说，只要请人帮忙，搬件行李，打辆出租，都要付小费。虽然找人问个路、帮忙打个电话也掏出两美元付小费的话，在中国人看来实际有些庸俗和滑稽，但至少人家平白无故用自己手机给我拨电话我应该表示一下、不能当做理所当然吧。唉，不过说什么也晚了。只有在心里再致感谢了。我看了看地图上的终点站，离我下车的 East Falls Church 还有三站，于是在心中默念：愿你在美国一切安好。

在 East Falls Church 站旁边的停车场等了一会，我看到写有“Governor House”酒店名称的 Suttles 过来接我了……

五

这天全是自费的行程，旅行社没有晚餐，Suttles 将我从地铁 East Falls Church 站带回酒店，我第一件事就是找餐馆吃晚饭。这些天来，旅行社带我们顿顿吃自助的中餐，已经有些乏味，这回我决定找一个当地的餐馆，入乡随俗。

向四周望去，马路的对面好像比较热闹，有超市，也貌似有餐馆。于是我从酒店右前方的十字路口过马路到对面，往前走，路过一个加油站，远远地看到对面有一家“Restuarant”，于是我又过马路，走进餐馆。

服务生很有礼貌地将我迎进去，安排在靠墙的一个座位。我问是否可以坐在旁边那个靠窗的位置，他说可以，于是我开始点餐。满纸的英文，但我仍能认得出那是些汉堡、热狗、三明治、咖啡、沙拉之类——说实话真没什么可吃的。我点了一个汉堡，一盘沙拉，要了一杯咖啡。服务生问我要什么沙拉酱时，看着满篇的十几种英文名字，我迷茫了，索性将菜单推过去对服务生说："我看不明白，麻烦你随便帮我选吧。"20来岁的年轻服务生——一个看上去结实敦厚的小伙子愉快地说了一声"OK"，迅速将菜单拿走给我备餐了。环顾餐厅，三三两两地坐着一些老外，看上去有家庭聚餐，有朋友闲聊，有的是吃饭，桌前搁着杯盘，有的聊天，每人各持一杯饮品。时而小啜，眼神并未离开对面的朋友。餐厅方方正正，有一半空着，但桌椅摆放整齐，里面没有人大声喧哗，看上去安静整洁。就像在北京时那样，忙叨劳碌了一天，有时候会想找个安静的地方静心待上一会儿。彼时就是那样的心情。

不大一会儿，见服务生端来一杯加满冰块的水，我忙说"Sorry"，我说我不想喝冰的，服务生连忙将杯子拿走，去掉冰块又端回来，我的手贴了贴杯子，又缩回来，依然是冰凉。服务生见状问我是不是要喝热水，我说对，最好是温水，于是他又端走，彻底给我换了一杯温水回来，我向他真诚道谢。侍应完我的事儿，旋即他又来到其他桌旁，点餐，结账，或者只是询问，忙而不乱，回过头来还不忘对我说，我的餐点很快就好。

餐点上来，大汉堡张着口儿，两片摊开了放在大盘子里，看上去是那么大一块儿，左边是牛肉，右边是洋葱和西红柿，汉堡的旁边是半盘子的炸薯片。蔬菜沙拉也上来了，白菜洋葱胡萝卜，也是满满的一大盘儿。这晚餐简单，分量倒是足够了，呵呵。咖啡也端到桌上。服务生又拿来番茄酱和沙拉酱。我在小范围内倒了一点，想试试服务生为我点的沙拉酱味道如何，不料刚尝了一点就龇牙咧嘴了，那叫一个酸！当时由于上火，牙有点儿不太舒服，这种酸我好像一时享用不了，暗自笑了笑，就不再动倒了沙拉酱的那部分了，心说大概这就是没文化、不识字的可怕之处。这时服务生过来，体贴地问：还好吗？我礼貌地微笑着点头：“嗯，还好”。

确实也还好，满满的一大盘没有拌沙拉酱的沙拉被我吃完了。每过一会儿，服务生就会来到你身边，问“还好吗”，“嗯，还好，谢谢”。其间还给我往杯子里加咖啡，反复有那么三五回，我的晚餐用完了，服务生又走过来，问我吃得还好吗，我说“OK”了。他问要结账吗，我说对，于是他将一个放有账单的小盘子放到我面前，13块9角，加上小费，我将16美元放在盘子里，他用真诚的眼光看着我，说谢谢，我也真诚地道了感谢，离开了餐馆。

这次体验，是美好的。

记得就小费的问题，之前聊天时曾跟导游朱莉探讨过，西方国家给小费，除了这些人收入的一部分要靠小费以外，这里面隐含的是否还有人与人之间真诚的感谢之意？朱莉十分干脆地回答我：“没有！除了钱还是钱！”这样的回答显然让我有些失望，我还是宁愿相信，这里面还是有一份人与人之间真挚的温情存在的。

历史的黑与冷·自然的绿与黄

一

参观纪念堂和纪念碑的这一天，我的心情总体上是沉郁的。一面是华盛顿、杰斐逊、林肯纪念堂的庄严肃穆，伟人因卓然不群的突出贡献而在美国乃至世界历史上熠熠生辉；另一面却是源于无情的战争中悄然陨落的无数年轻的生命，他们的名字、头像，陪伴着一组组“死亡”“失踪”的数字和名单，寂寞地留在了朝鲜战争纪念碑和越战纪念碑上。

林肯纪念堂右侧的朝鲜战争纪念碑上，拓着无数年轻的头像，据说那是真实的头像，是从他们生前档案的照片中复制下来的。站在那里，我是不敢、不忍多看一眼的。那些士兵，年轻而英俊，显示着蓬勃的青春朝气。不管他们参军的背景、动因、

美国白宫

目的如何，毫无疑问的是，是战争摧毁了他们。

纪念碑前面，是一组士兵在荒野中拎着枪，松松垮垮、无精打采的雕塑，和纪念碑上那些年轻鲜活的面孔形成强烈的对比和反差。雕像中士兵们木然的神色中，或怀着迷茫或怀着恐惧或怀着对战争的无奈、厌倦与彷徨，抑或，还怀有着对家乡的怀念和对前途的无望。战争何时结束？何时才能继续昔日飞扬的青春和梦想？他们还能回家吗？碑前刻着的，是一组冰冷的数字：死亡，美国 54246、联合国 628833；受伤，美国 103284，联合国 1064453；失踪，美国 8177，联合国 470267。而在碑的一侧，则刻着警世的大字：FREEDOM IS NOT FREE（自由并不是无偿的）。

朝鲜战争纪念碑前的雕塑

加上参战各方的伤亡数字，一场战争曾经毁灭了多少的生命啊！导游说，朝鲜战争是美国唯一承认失败的战争。抛开战争的动因、善恶和胜负，站在这些冷冰冰的数字前，人们无法无动于衷。站在这里，任何人都会感觉到，只要是战争，无论胜负，都是不值得骄傲和颂扬的。只要世界上还有军队，还有

朝鲜战争纪念碑上刻着 FREEDOM IS NOT FREE

杀戮，还有对生命的肆虐与剥夺，那么人类就没有褪尽野蛮的本性。一个国家，用惨痛的数字和记忆，让历史记住的时刻，更应该警示后人在久远的未来引以为戒，和平共处，求同存异，不做肆意挑衅、发动战争的罪魁祸首。

林肯纪念堂左侧黑色的越战纪念碑呈锐角三角形分布，据说是“人间·地狱”的寓意。沿着旁边荒芜的小路从纪念碑大约 30 度角的角度走过，看到碑上刻着密密麻麻的名字，那些

都是在战场上消失的生命。越往里走碑体越高，名字越多，越感到压抑。当走到三角形顶角前时，一面黑墙竖在那里，名字愈发地多起来，仿佛进入地狱般的恐惧。旅行团一行人加快脚步，匆匆走出，回到“人间”，然而心情却异常沉重。纪念碑的旁边，好几大本死亡名单在玻璃罩的保护下陈列着供人翻阅，此情此景无论如何都让人不寒而栗……

华盛顿纪念碑

环顾四周，华盛顿纪念碑和其投射到水中的倒影连接起来，试图向天地伸展。林肯纪念堂守望着左右两个战争的石碑，坐落于对面，纪念堂内林肯像的一侧，记载着他在葛底斯堡，为纪念南北内战时期在葛底斯堡战役中阵亡战士所作的著名演讲：

Four score and seven years ago,our fathers brought forth on this continent a new nation conceived in liberty

华盛顿波托马克河边的水鸟

and dedicated to the proposition that all men are created equal.

Now we are engaged in a great civil war testing whether that nation or any nation so conceived and so dedicated can long endure.We are met on the battelfield of that war.We have come to dedicate a portion of that field as a final resting place for those who here gave their lives that that nation might live.It is altogether fitting and proper that we should do this.

But in a larger sense we can not dedicate — we can not consecrate — we can not hallow — this ground.The brave men living and dead have consecrated it far above our poor power to add or detract.The world will little note nor long remember what we say here,but it can never forget what they did here.It is for us,the living rather to be dedicated here to the unfinished work which they who fought here have thus far so nobly advanced. It is rather for us to be here dedicated to the great task remaining before us ～ that from these honored dead we take increased devotion to that cause for which they gave the last full measure of devotion ～ that we here highly resolve that these dead shall not have died in vain ～ that this nation under god shall have a new birth of freedom ～ and that goverment of the people by the people for the people shall not perish from the earth.

所有战争都是以牺牲生命为代价的。只有催促人类向善向好的正义声音，才具有穿越时空的力量。

让世界拥抱和平，远离战争！让我们吸取历史的教训，秉承光明的信仰，以最大的包容、悲悯和同情，推动世界走向文明。

二

乘坐美国西南航空公司的航班从华盛顿附近的巴尔的摩机场飞往拉斯维加斯。

西南航空公司有些特别，它的登机牌上没有座位号，需要乘客按照分区的顺序上飞机之后自选座位。我按照自己所在的3区排队，随人流缓缓走进机舱，刚踏进舱门，就看到前面一个三四岁的小女孩没有向右转找座位，而是抱着布娃娃朝左首驾驶舱的方向拐过去了。我好奇地朝左边望去，只见驾驶舱的门敞开着，里面坐着一位头发金黄又有些近似花白、看上去有五六十岁的女飞行员，慈眉善目。她见小女孩走过来，面带笑容非常友好地侧身招呼小女孩过去。小女孩很自然地走过去，尾随在她身后的另一个小女孩和她们的父母随之也走了进去，将很小的驾驶舱挤得满满当当。我探头往里看了看，看到驾驶员身后各种复杂的仪表盘和按钮……

这是我第一次看到飞机驾驶舱里的“内容”，第一次和载着我遨游蓝天的飞行员如此近距离地接触。没想到我见到的，还是如此温馨、人性的一幕。和我想象中的不一样，带着我们航行的，竟然是一位上了年纪的女飞行员。过去我在北京航空

在去拉斯维加斯的飞机上

航天大学读研时，印象中飞行学院的学生是清一色的男生，身高体重都有严格限制。而在实际飞行中，大家看不到飞行员和驾驶舱的情况，想象中飞行员也应该男性居多，而且应该是身强体壮的年轻人，但在巴尔的摩，我以前的认知被眼前的景象打破了。

同时我也被种那温馨的场面感染了。我微笑着右转，按照自己的喜好选择了一个靠窗的位置，无论是看书、看云还是漫无边际地遐想都比较便利。

飞机准时起飞，带着个性化的印迹——之所以说“个性化”，是它一会儿倾斜，一会儿颠簸，一会抖动。我邻座的女孩感叹“这是干吗呀？！”她显然有些紧张。我立刻想起驾驶飞机的是位女性，没想到这位女飞行员比男人更热爱“冒险”。飞机继续前行，时不时来点“小动作”，像是带你玩儿，又像是在调皮，不在给你恐惧，而在给你欢乐，让人联想到飞行表演中的各种姿势。然而我看大家面色凝重，才想到民航的飞机还是不要如此“展示”的好。

飞机稍稍平稳，透过舷窗俯瞰华盛顿，是大片大片的绿。直到飞了很久很久，下面还是那样无边无际的绿。飞机飞得很低，透过稀薄的云层，地表连成一片的树木森林尽收眼底。

飞机飞了大约三个多小时的时候，我放眼窗外，忽然发现下面景观大变，之前的绿全然不见，变成了光秃秃的荒漠，渺无人烟的不毛之地。记得前些天从夏威夷来纽约夜间飞行时，在实时的航线图中也曾看到飞机穿过一片大荒漠，地图上叫“Deaded Desert”（死亡沙漠），难道这就是那个叫“Deaded

Desert”的沙漠吗？

又飞行了一会儿，荒漠中出现了类似火柴盒状的房屋或汽车的迹象。它们簇拥在一起，远远望去，像停车场，但周边仍然没有道路，让人联想到外星人的构建。大沙漠里，这是什么地方？

再往前飞，渐渐地出现一汪绿水。远远望去，虽然只是那么一小汪，但在茫茫无边的大沙漠里看见水，激动的心情不言而喻。设想一个在沙漠中徒步穿越的人，在口渴至极、濒临生命极限之时若是看到这汪水，该是多么的欣喜和感激啊！当然，这个“Deaded Desert”的地方很可能是无人区，在长达几个小时的飞行中都没有看到路、水以及与生命相关的任何迹象。

从飞机上看到的荒漠

水是生命之源。有了水，想必就离生命迹象出现不远了。多少人间的繁华和胜景都是由水孕育的。果不其然，这时依稀已能看到一两条细长的道路出现，如长蛇般盘旋在沙漠里，消失在荒丘间，这里至少有人或有人来过了。定睛看去，围着那汪绿水，隐隐地能看到有汽车在蠕动，显然是这汪珍贵的水源，将人吸引过来，并带来充满生机的一切。再往前飞，又出现一条细长的河流，弯弯曲曲地流淌在黄沙中，沿河的一侧远远看去也开始有了绿色，接下来就是大片的房屋。水，总是给人类带来希望，而地球上的大江大河，向来都是孕育人类生命的摇篮。在这沙漠的边缘，在这河流的近旁，显然地，是一个城市出现了！此时我们的飞机也一再地降低高度。我忽然意识到，我要去的拉斯维加斯就是这里了！不同于美国的其他城市，这里必然将是另一番独特的景致。

拉斯维加斯是座大赌城，是美国唯一一个赌博和色情合法的地方。刚下飞机，在机场内取行李的途中，就看到一排排老虎机齐刷刷地立在那里，偶尔有人坐下来下筹码，试身手，当然也是在候机或等待的间歇。背后的这个城市，想必有更多的赌场等着他们。等行李的工夫，看到旁边也是老虎机，虽然玩的人少，但赌城的风格和特色在下飞机的一刹那，就被我真实地感受到了。

据接我们的王导游讲，拉斯维加斯建立于 1904 年 5 月 17 日，最早是因为铁路修到这边，矿山开采到这边，很多修路工人和开矿工人随之来到这里。然而这是一片不毛之地，高温天气、恶劣的环境和繁重的工作使他们不堪忍受。据说历史上的最高气温曾经达到56摄氏度，四十七八摄氏度的高温天气曾经持续长达十几天。一到晚上，干了一天苦力的工人无所事事，便聚众赌博，尽情宣泄，干各种各样的坏事。这里随之也成了一个不好管理、管理不了的地方。在这种情况下，1928年就有一个议员提出，违法活动与其屡禁不止，不如就让它合法化，通过高税收来加以控制。经过三年的酝酿，1931年，赌博在这个城市正式合法化，逐渐地吸引越来越多的人来此猎奇和碰运气。不好赌博的人来这里干什么呢？怎么吸引更多的人来此观光呢？他们就在赌场内建剧院，出演适合孩子、文艺爱好者等不同年龄、不同喜好的人看的不同剧目。到这里来的人都是夜猫子，因为晚8点到凌晨2点之间是拉斯维加斯的“黄金时间”。“看夜景”就是我们的观光项目之一。

由于高温干燥，白天的拉斯维加斯变成一个睡城，人们睡到下午。不睡觉的人，一部分出城到凉爽的地方去避暑，一部分可能会去距此两个多小时车程的科罗拉多大峡谷游览，那时拉斯维加斯又变成了空城。黄昏时分人们又从各处陆续返回，开始他们丰富多彩的夜生活。导游一再告诫我们，“最好不要去赌，十赌九输”。“很多来此赌博的人都是到美国做生意赚了钱，拿出其中的一个零头来玩的，输了就输了不在乎的。如果你们想碰碰运气，记住，假如赢了，不管多少，赶紧离开，接着赌，必输！”

呵呵，对于赌博，我既无兴趣，也一窍不通。拉斯维加斯，我就是来看看。

科罗拉多大峡谷的险·拉斯维加斯的疯

一

从拉斯维加斯驱车前往科罗拉多大峡谷，一路上是没完没了的沙漠。原来拉斯维加斯不在沙漠的边缘，而是在沙漠的中央。如资料介绍，它是一座“从沙漠中拔地而起的城市”。

导游告诉我们，这片沙漠叫莫哈维大沙漠。说是沙漠，其实更像是戈壁，不是漫漫黄沙，而是砂石相伴、坑洼不平的粗糙地表，远处的荒丘此起彼伏，没有丝毫绿意，在阳光的照射下泛着白光，近处松松散散地出现矮小的植被，呈墨绿和焦黄色，据说是人工栽培，以防风沙。沙漠里，道路两旁时有房屋出现，不像居家，房前屋后偶有一两棵棕榈树，枝叶卷缩，也不舒展。导游说，在这里，养护一棵棕榈树的费用每年大约要一万美元。

莫哈维大沙漠

地处荒漠之中，拉斯维加斯的用水供应主要来自附近的胡弗水库。水库附近还有一个密德湖，这两处就是拉斯维加斯最宝贵的水源和福地。然而由于常年干旱，据说密德湖的湖水在逐年减少，再过大约一百年的时间，拉斯维加斯这座城市有可能随着水源的消失而消失。于是人们年年祈祷，渴望老天降水，渴望雪水融化……所以在这里，最大的福音其实不是财富的降临，而是雨水的突至。如果百年不遇地见到雨水，人们都会欢呼雀跃，祈祷感恩。

远眺科罗拉多大峡谷

我们的车在沙漠中的公路上孤独地行驶着，前后并未见到其他车辆，窗外的景致清一色地荒凉。远远地看到有成群的房屋，导游给我们介绍，这个是石头城，那个是汉德森市，还说这里的房屋很便宜，15万美元就能买到一套，因为没有人愿意到这个地方来住，一是气候干旱，环境恶劣；二是担心哪天冲动，轻易到赌城将家财输个精光。

大约走了一个半小时，导游介绍的密德湖出现了，光秃秃的大沙漠中终于有了一点活力和生机。大家重新抖擞精神，一致将头扭向窗外密德湖的那一边。我忽然想起，这不就是我在飞机上看到的那汪绿水吗？也是供养拉斯维加斯的水！就是这汪水，成就了拉斯维加斯的一切——财富、疯狂、喧嚣、梦想、光怪陆离……未来有一天，如果真如导游所说，这汪续命的水不在了，这里的一切也就将不复存在了吧？人生本就如浮云，“如梦幻泡影，如露亦如电”。想到这里，我突然有种恍惚感。

正如在飞机上看到的沙漠漫漫无边，我们的车似乎永远也驶不出这片荒山野岭了。想起多少年前，美国将印第安人驱赶至此，在无处藏身之时，印第安土著来到这片无人重视的荒山野地，在这寸草不生的茫茫荒野之中，他们是怎么生存下来的？在华盛顿的印第安人博物馆里，我看到的古老的印第安人反而有那么清澈的灵魂和那么单纯的信仰，他们感谢天，感谢地，感谢水，感谢鱼，感谢树，感谢谷物，感谢一切生命的维系和供给。因为这一切对他们来说，来得非常不易吗？因为过度的贫瘠激起了他们丰富的向往吗？在贫瘠之中，他们却于内心培植出专一的信仰和恒定的信条，培育出支撑他们的精神力量。在印第安博物馆四楼的墙上，印着印第安人的七条教诲：诚实，爱，勇气，信仰，智慧，人道，恭敬。即使在被驱逐的时候，他们也未放弃这些信条。在深山野地，抑或如眼前的茫茫荒漠里，他们也恪守着自己的信条。即使不被理解，即使不为所知，即使遭遇天大的不公，他们不怨天，也不尤人，始终保持内心的宁静。

远看科罗拉多河

俯瞰科罗拉多大峡谷

两个小时过去，按照预计，我们应该离科罗拉多大峡谷不远了。这时荒漠中开始出现近似仙人掌的植物。导游说这是莫哈维沙漠中特有的一种树，叫约淑亚树。在沙漠中能长出哪怕如仙人掌的“树”已是不易，我们就勉强认同它是树吧。此时我们的车已驶入印第安人管辖区，能看到他们一栋栋低矮的房子点缀在荒漠中。

随着大巴车的行进，约淑亚树逐渐增多，并且变得越来越高，从仙人掌变成了小树苗，又变成了“苹果树”，针状的叶子有所局限地伸展着，逐渐地连成一片。这时我又联想到水，植物的姿态和表情里也总是传递着水的讯息。它们如此的长势，是不是说明我们离科罗拉多河越来越近了？

拉斯维加斯到科罗拉多大峡谷路上的约淑亚树

我的猜测是对的，见到高大、稠密的约淑亚树，科罗拉多大峡谷就近在眼前了。这时已能看到前方的山谷和此起彼落的直升机。科罗拉多大峡谷，这个被列入世界七大奇迹的人间奇景，将与我拥抱。

二

本来我没有报名坐直升机游览大峡谷，设想将来一家三口一起乘坐可能更有意思。但我到那里以后，受气氛感染，兴致来了，临时改变了主意，交220美元决定体验一下。

在美国，无论在纽约还是在华盛顿，时常能看到直升机。曼哈顿的上空，五角大楼的楼顶，警察局的大楼上，白宫的门

直升机降落在科罗拉多大峡谷

前……而在中国，直升机并不普遍，即使是游玩，也很少有机会体验。称完体重，工作人员在我的手腕上系了一个黄色的手环，上书“SUNDANCE”和编号，“SUNDANCE”是航空公司的名字，“太阳的舞蹈”，颇富想象，我喜欢这个名字，另外还有“SILVER”等。称体重是为了保持机上的平衡，将不同体重的人科学分配。我们六人被分在一组，有胖有瘦。两个被分配在前座的人手背上盖了一个标有“前座”的荧光章，其余的人坐在后排。

我们乘坐的飞机由一位40岁左右的美国男士驾驶，他英俊而和蔼，起飞前向我们微笑示意。飞机在他的操纵下侧身飞离地面，斜掠过沙漠、人影和地平线，快速驶入峡谷。直升机一会上升，一会下降，很酷的感觉，上升时俯瞰山谷，河流变

乘坐直升机游览科罗拉多大峡谷

在科罗拉多大峡谷的游船码头等待直升机

得细长，在山中蜿蜒辗转；下降时河流顿时开阔，离我们很近很近，更多的时候悬浮在半空，在山谷间穿梭，与两边的山石擦肩而过。

一弯一绕，大约在空中徜徉了半小时后，飞机停在河边的一小块空地上。我们还没下来，只见又有一架直升机飞来，精准地停在不远处的另一块空地上，大螺旋桨还在呼呼地转动着，带来强劲的风力。直升机将我们送到这里，是为了让我们乘船。这是一个码头。据说科罗拉多大峡谷 2/3 的管理权在印第安人手里。我们上了船，在科罗拉多河河面上，看两岸坚固的山石、陡峭的断崖、毫无遮拦的骄阳、蔚蓝的远天和大朵大朵的云彩，感受到的是大自然的简洁、粗粝和壮阔，愉快而奔放的情绪恣意地在山谷间放逐。也许是濒临沙漠的缘故，科罗拉多河的河水是一派浑浊的黄，不亚于黄河“一碗水半碗沙”的景象，有着某种浑厚的味道。是的，如果科罗拉多大峡谷真如科学家推测的那样，形成于7000万年前，那么它在这个峡谷里也已流淌了千万年了吧！印第安人在*Thanksgiving Adress*（《感恩颂》）中感恩的鱼，是科罗拉多河里的鱼吗？感恩的水，是科罗拉多河里的水吗？如今的他们——那些离开抑或没有离开科罗拉多河的印第安土著，又在哪里、过着怎样的生活？

小船载着我们穿过了一段山谷，调头折回来。掌舵的男子关闭小船的马达，让船在水上随波逐流地漂着，好让我们有一个静下来的时光和心态去感受身边的风景，体会这条河流和峡谷穿越千万年的神奇造化，体会印第安人找到水源、以此为生的感恩之心。

在匆忙之中拥有一个停顿和思索的片刻，真好。

乘船游览科罗拉多大峡谷

科罗拉多大峡谷

漂了一会儿，小船将我们送回码头，在原地等待直升机。

这次飞行员是位女性，正如女性的性格，飞机比来时飞得平稳了许多，不歪不斜，在山谷中稳稳当当地升降、盘旋了一会儿，径直返回最初登机的地方。

下了直升机，我们乘坐景点的巴士在地面上继续游览。

老鹰峡

第一站老鹰峡。巴士将我们带到峡谷边，见很多人在那里拍照，我也走过去。峡谷的边缘没有栏杆，走近有种忐忑的感觉，下面就是陡峭的悬崖啊！悬崖的下面，就是最深处达2800米的峡谷深渊——千万年前，这里曾是海底。在离悬崖大约两米的地方，我停住脚步，不敢再向前，更不敢冒险往下看。对面就是“老鹰峡”的所谓的“老鹰”，中间是鹰头，两边的山谷是两个大翅膀——在印第安人的意识里，鹰是百鸟之王，今天，它仍然以威武的英姿盘旋在峡谷的上空，绕着老鹰峡自由飞翔。两面悬崖中间，即是深深的峡谷，峡谷中是否有科罗拉多河在流淌，我始终不敢走近去看，远远地就被它的气势和威严震慑住了。

第二站是蝙蝠峡。蝙蝠峡中已无蝙蝠。我们所在这一面却有高大的石头竖在那里，站在上面，可以远瞰大漠、河流，一览科罗拉多大峡谷的自然风光。远远地看着有人站在大石头上，以身后的蓝天和脚下的悬崖为背景，照相观景。我感觉还是有些危险，极力控制着尝试的冲动——我想这辈子我也不会成为冒险家了吧。面对壮阔的大自然，就容我保持一点敬畏、留有一点余地吧。

蝙蝠峡的高地上风很大，太阳帽几次险些被刮飞了，后来我索性就暴晒在大沙漠火辣辣的骄阳下，和这里的砂石一起粗粝，和这里的风一起狂野，和这里的人一起醉于自然。到了这里，融入到这片粗犷的天地中，便没有理由再去矫情，再去敏感和细腻。科罗拉多，此时我和你在一起。

三

向导游交了70美元看“夜景”，没想到原来是拉我们到一个又一个的大赌场去看酒店。拉斯维加斯的赌场设在酒店里，赌博和吃住在一起。对于不会赌博、对此也无兴趣的我来说，

拉斯维加斯一家赌场前的“埃菲尔铁塔”

当然是意兴阑珊。那么热爱拍照、喜欢到处留影的我，一张照片也没拍——我对这里太没感觉了，只是跟着队伍木然地行走。

酒店一家赛似一家地豪华，其攀比和奢华达到了极致。这家在大厅的穹顶上镶嵌玻璃花，那家在醒目处辟出室内花园；这家在金碧辉煌的大楼前设置音乐广场，那家在自家店前再造一个埃菲尔铁塔……但这些人为的堆砌和过度的奢华，显示出清一色的庸俗和空虚。人们趋之若鹜地从世界各地赶来，争相目睹这疯狂和奢华的一切，不知道马不停蹄一家挨一家参观的他们，在内心激起的是一种什么样的情绪和情感，是羡慕、兴奋、惊奇，还是如我一样的麻木和反感。当然也有不少人是带着发财梦和侥幸心理参与其中的，迎接他们的，是更加不可知的未来。

到了那家威尼斯酒店，导游带领我们去参观它的模拟天空。这和我们在澳门看到的威尼斯人酒店几乎没有什么两样，人们炫耀的，无非就是那几样东西，所以并未觉得新鲜。在酒店的三层“夜晚”的天空下，导游给20分钟时间让我们参观。我哪里也不想去，看见前面的小广场有人唱歌，便坐下来休息。两男一女，不知道是美国人还是欧洲人，穿着端庄的礼服，看上去有点意大利歌剧演员的感觉。身着黑色晚礼服的女士在前面主唱，后面一位男士拉着小提琴，另一位女士吹着长笛。虽然周边仍然人来人往，但有了音乐，顿时感觉宁静舒缓了许多。照相留念的人，一波一波照了就走，走了又来，椅子上坐下来的人则陶醉在那一刻的光阴里。一曲英文的抒情小调唱完，忽然吹奏起了《茉莉花》，继而响起《义勇军进行曲》。在异国他乡，听到祖国和家乡的音乐，内心还是感到无比温暖和激动。

演奏结束，掌声响起……环顾四周，发现有很多中国人的面孔。无论在美国，在欧洲，还是在日本、韩国，每到一处，都能看到中国人的身影，都能听到熟悉的汉语，中国人真是无处不在啊。不仅如此，据说还有相当强大的购买力。有些人来这里就是为了购物，我们团里就有，对于名牌了如指掌，耐克买三件，COACH买五个，更多的，我连名字都叫不上来。像看赌场提不起精神一样，我的兴奋点也不在这里。

走出威尼斯酒店，到达另一家赌场的门前，我忍不住问导游还要再看多久。导游说，这是新城，游完这家，再游一个老城就回去了。跟着大批人有一搭没一搭地看着穹顶上的玻璃花，看着奇珍异宝堆砌出来的室内花园，我忽然觉得空虚而又迷茫。如此地盲目和招摇，如此地虚幻和脆弱，人类究竟要干什么？导游让我们自由活动，我又没有想去的地方，索性又在前厅中央的沙发上坐下来，霎时间陷入了孤独和迷茫。我觉得自己与眼前的花花世界是如此疏离，完全不合拍。人在不相投的气场里，

威尼斯酒店露天音乐会

拉斯维加斯老城

表现出的可能就是如我这般的麻木吧。这时，对面又有音乐响起，是钢琴曲，抬眼看去，前方是一个环形的咖啡座，钢琴前有人在弹奏，周边三三两两地有人坐着喝咖啡、聊天。喧嚣之中意外发现的平静小天地，突然之间使心灵得到了片刻安宁。离导游预定的集合时间还有十几分钟，我坐着听音乐，等他们，任思绪飘向北京，飘向远方。

最后一站，我们被带到拉斯维加斯老城已是晚上10:05，导游说给我们25分钟游览，然而到得老城的步行街，我却被另一番景象深深地吸引了。如导游介绍，这里是最能够体现拉斯维加斯风情的地方，街上的热闹虽然并不亚于大赌场的热闹，街头响彻着强劲中带着火辣的音乐，各色人群摩肩接踵，但这热闹是民间的，带着美国西部城市人骨子里难以掩抑的热情和个性，不是追求财富的疯狂，不是孤注一掷的冒险，而是由内而外自然而然散发的热情，丰富而实在。热闹，但不“假”，不“虚”，不“烦”。街上歌舞、杂耍应有尽有。过了一个路口，看到一个西部牛仔打扮的美国硬汉，确切地说是一个英俊男人，在高高的舞台上伴着强劲的音乐用全部的激情在唱歌，台下人头攒动。人们随着音乐扭动，陶醉在无限快乐的节拍里。一对白发老人踩着激情的节奏跳起欢快的舞步，脸上、心上都是欢笑。整条街充满了现代的欢乐。

“西部牛仔”一首接一首地唱着，举手投足间都带着酷酷的感觉，我被这气场感染，也随音乐扭动，完全沉醉在那种快乐的氛围里。看看表已到了导游约定的时间，而我还不想离去……

在离开拉斯维加斯的前一天晚上，在这个大赌城，我终于找到了久违的感觉。

拉斯维加斯，我也想和你一起陶醉！

拉斯维加斯老城的街头演出

莫哈维大沙漠的见闻·传说

从拉斯维加斯到洛杉矶，除了中途的午餐和奥特莱斯购物，又是一天的车程。

一路上仍是沙漠风光。原来，莫哈维大沙漠占据了亚利桑那、内华达和加利福尼亚三个州。这几天满眼沙漠，视觉已有些疲惫，近处的沙地和远处的沙丘不断变幻着视角，但仍是苍茫一片，在毒辣太阳的照射下有种干渴焦躁的感觉。沙漠之上偶尔能看到一两座房屋，周边零零星星地栽植着几棵树，虽气象萎靡，但已是十分欣喜。更多的地方渺无人烟。

导游说，在大漠深处，有美国的军事基地，但没有路，去往那里全靠直升机。海军陆战队、海豹突击队都在那里训练，磨炼他们的意志和耐受力，让他们挑战人体极限。想起几天前巴尔的摩至拉斯维加斯的飞机上看到的大漠之中火柴盒状的建筑物，难道就是导游所说的军事基地吗？从这里开始，他又给我们讲起了本·拉登，讲起了“911”，讲起了美国政治和军事。

窗外时而也看到沙漠被铁丝网圈起来，我看到有一处写着“Rechard”的人名，后来知道，在美国，即使是沙漠也是私属。只不过很少有人来沙漠买地。这块被理查德买下的沙漠面积很大，我们的车行驶了半个小时依然未走出他的范围。在沙漠之中，时有房屋出现，有一处杂乱无章地放着一些机械器物，另一处则被绿树密密地环绕着看不到里面。这位理查德，究竟要在这片沙漠上做什么呢？而在别处，我们也看到沙漠里有荒废的游乐场，由于无人来玩，只留下残破的设施，支离破碎地暴露在野外，看上去很是不堪。

车行驶到某处，导游告诉我们，这里是死亡谷的入口。死亡谷因极度的高温而成为无人之地。他让大家看路边的一个大温度计，仍在计量着温度，显示99华氏度，除以2再减去15，换算下来，大约在34摄氏度左右。我们停在附近的一个休息站吃午餐，遥望前方，洛杉矶还无影无踪。

途经莫哈维大沙漠

吃完午餐，大巴车载着我们去奥特莱斯购物。奥特莱斯是美国人日常购物的地方，汇集了耐克、LV、Coach等大小名牌店，但价格比中国国内却便宜很多。因此，购物常常是来美国旅游的人、尤其是女人的重要环节。我们团里有五六个女士从头购到尾，行程中的购物点自然不能错过，行程中没有的，向导游交车钱自费前往或打车前往也在所不辞，回来大包小包地拎着，满心满脸地欢喜。见女儿又大包小包地拎回来，一位年过古稀的老人说："到哪买哪，买了搁那连看都不看，从韩国买回来的那些东西，到现在都还没拆封呢。"呵呵，购物，是女人的一大爱好，大概享受的是过程。我不排斥，但也不着迷，碰上需要并喜欢的就买，不需要不喜欢的，也不因为便宜而冲动。何况我对名牌素无研究。

离开奥特莱斯，导游的话题也开始转移到生活上。洛杉矶是仅次于纽约的全美第二大城市，也是第二大华人居住的城市，全美400万华人，洛杉矶就有60万。88个大小城市中，12个城市有华人居住。“洛杉矶不同于这里。”王导望着窗外的大沙漠说，“过了前面的山脉，就到了洛杉矶。以山为界，洛杉矶那边和这边的气候截然不同，比这里凉爽很多。”由于气候适宜，消费偏低，而年收入人均5万美元，也还可以，所以很多华人喜欢这里，也有不少中部和东部的华人陆续移居至此，逐渐聚集，很具人气。

拉斯维加斯至洛杉矶途中的饭馆

他以自己的家庭为例说明洛杉矶的消费情况。他一家四口，老大是女儿，已离开家读大学，全家每个月的花销大约在800美元左右，2000年贷款买了一栋三室两卫一亩地的房子，总价28万美元，每月还贷1800美元左右。5年过去，现在他的房子已经涨到了41万美元。而从他家开车15～20分钟就能到的该区最好的学区房，却已卖到了100万美元。他说其实美国人基本没有学区房的概念，很多学区房都是被中国人炒起来的。

兴致来了，他又跟我们讲起移民问题和他个人的移民史。在他看来，投资移民不靠谱，费心费力地折腾，到头来随着政策的变化，两三年后有可能人财两空，钱撒出去打了水漂却拿不到绿卡。他告诉大家他是签证、靠假结婚来美国的。在国内时，他在天津开美容院，与妻不合，离婚后签证来美国游玩就再也

因为处于地震带上，洛杉矶的房屋多为木质结构

没有回去。旅游结束后，十天的居留期内他找了一所学校，交钱学习变成了学生身份。其间他以两万美元的价格与一名美籍华人谈妥，以假结婚的方式期望获得绿卡。“我真想跟她过来着，两年后我和她去移民局，跟她提起真结婚的问题，她不同意。”他笑着跟我们讲，就像在讲别人的故事。

洛杉矶的确是华人聚集的地方，我认识的两个朋友都在洛杉矶。一个是在这里读书、定居，已经打拼十几年了。他住在洛杉矶南部的一个城市里——在美国，城市的外围又有很多城市，每个城市间有一定距离，人们分布在不同的城市里居住，又到另外的城市上班，汽车是主要的交通工具，离了汽车寸步难行。他目前有两个孩子，妻子在英国某大学读的学位，但结婚来美后一直在家做全职太太。

另一个是朋友孩子的姑姑——电影演员吕某某住在洛杉矶核桃市——一个环境优美、只有几万人的小镇，去年暑假他们一家三口来洛杉矶旅游，正在读小学五年级的女儿玩得高兴，说什么也不回去了，要留在美国上学。他们夫妇回来后，在微信里跟我闲聊，说只好给她办理了休学，保留学籍。“在那边很开心，不会有人天天押着她练琴了。”孩子住在姑姑家，先在一个培训学校学半年英语和数学，第二年年初进入当地私立学校的六年级学习。由于没有绿卡，只能读私立学校，据说一年的费用大约在一万多美元。孩子的叔叔目前也从瑞士来到美国定居。三家四个孩子“扎堆”在一起，并不觉得寂寞。由于孩子在美国，目前他们也在考虑是否移民了。

洛杉矶处在地震带上，所以这里的房屋全是木质结构。路上，我们看到在建的一两座房屋，全是原木搭建。导游说，美国人并不砍伐自己的树木，木材大多从加拿大进口。其实不光是木材，包括石油、矿产，美国人也尽可能不去开采自有资源，而是通过各种方式包括战争去获取，以保护本土的自然环境，同时保证自身供应。日常的国家大事本由参众两院表决，唯独对外战争，不需众议院表决即可通过。弱肉强食，是人类天然的生存法则吗？人类社会发展到现在，自私自利的本性和以强欺弱的野蛮行径仍然没有改变。

来到洛杉矶，已是黄昏。我从一个中餐自助餐馆吃完晚饭走出来，不见丝毫的炎热，感觉空气中还有一丝凉意。真如导游所说，山这边和那边，是明显的两重天啊。

我很高兴来到洛杉矶，因为女儿此时恰好也在这里游学。

圣地亚哥的前世·今生

一

圣地亚哥海边的雕塑——“胜利之吻”

圣地亚哥位于加州最南边，是洛杉矶的第二大城市。圣地亚哥军港是美国太平洋舰队的最大军港。从我们所在的安大略市驱车向南，大约有两个小时的车程。

临近军港，船只和舰艇多起来，看上去有了港口的味道。导游将我们带到港口边，放在中途岛附近，让我们自由活动，没想到在这里邂逅了“胜利之吻”——当地时间1945年8月14日，日本投降、“二战”结束的消息传来，纽约的民众纷纷走上街头庆祝胜利。

在时代广场，美国大兵难以克制内心的激动，拖住身边的女护士激情热吻，表达内心对于和平期待已久的心情。这一瞬间，被《生活》杂志的摄影师阿尔弗雷德·艾森施泰特抓拍下来，成为传世的经典历史瞬间，这就是著名的“胜利之吻”由来。

故事不是发生在纽约吗？怎么会在这里遇见？只见正在拥吻的大兵和女护士以高出真人几倍的尺寸立在军港深蓝的海边，大兵手里还拿着一束花，女护士穿着白色工作服，露出钝跟的白色高跟鞋，身体倾斜着，显露出美丽的曲线。雕像就坐落在

圣地亚哥军港

军港第一艘钢构飞行甲板航空母舰——现已退役的中途岛号航空母舰旁边。中途岛号航空母舰曾参加过“二战”，现在是美国最大的航空母舰博物馆。一边是战争，一边是和平，一边是钢铁意志，一边是人间温情，人们要表达什么？“胜利之吻”的雕塑从纽约来到圣地亚哥真的是偶然的吗？据说，在美国，不光是纽约，不光是圣地亚哥，在大大小小的许多城镇都有“胜利之吻”雕像，它已经成为世纪之吻、永恒之吻，以一个经典而又自然的历史瞬间，集聚了根植于千万人心中的热切盼望，表达了人类远离战争，永远和平的共同心愿。

2015 年是中国人民抗日战争和世界反法西斯战争胜利 70

圣地亚哥老城

周年。愿这雕像再次为人类敲响警钟，唤起人类拥抱和平、远离战火、珍爱生命的良知。

我没有上去参观美国海军现役最先进的核动力航空母舰“里根号”，因为我实在对军事、对武器不感兴趣。人类在炫耀自身军事力量的任何时刻，都隐含了莫大的危险。我宁愿未来的某一天这一切都不复存在。

圣地亚哥老城的教堂

我宁愿，在“胜利之吻”雕像旁边静静地坐下来，吹着海风，看着眼前的大海呈现满目的平静与湛蓝……

将近中午时分，按照导游的叮嘱，大家在“胜利之吻”雕像前集合，离开这里。曾经期待的墨西哥迪瓦纳过境游，由于听说迪瓦纳是贩卖毒品和黑社会争夺势力范围之地，当前局势不稳，不安全因素较多而被导游改成了圣地亚哥老城游。

墨西哥人在美国的口碑似乎并不怎么好，这在导游的口气

圣地亚哥老城的墨西哥餐馆

中就能感觉到。在来洛杉矶的路上，看着茫茫无边的大沙漠，导游说，墨西哥在沙漠处与美国接壤，于是沙漠中漫长的边境线也成为墨西哥人偷渡到美国的通道，一些人在边境“溜达”，过来也就过来了，如果被边境警察的沙漠摩托逮着，再送回来，也不坐牢，所以一些人就抱着侥幸心理梦想着到这个富裕的国度过不同的生活，有些人一天有可能被遣送好几次，但依然心存侥幸。最后的结果是，美国的西南部聚集了大量的墨西哥人，有身份的，没身份的……据说在洛杉矶，有很多墨西哥人靠吃救济生活，天长日久养成懒惰的习惯，不干活，生很多孩子，多生一个孩子就多领一份救济金。

回顾美国移民史，最初到这片土地上来的人，往往不是最富裕的，也不是达官显贵，而是逃荒逃难不惜卖身为奴偷渡至此。实践证明，虽然他们在这片陌生的土地上经受了意想不到的磨难，但他们活了下来。比如犹太人，较之于本土灭绝性的杀戮，“活下来”这个最低限的祈求能够实现对他们已是万幸。即使今天，移民已成为追求更好生活的时髦现象，世界各地的人在移民之前也都仍然会作一番全面的权衡，在心里掂量：是利大于弊，还是弊大于利。最终移民的结果，在他们看来，自然是利大于弊。有些人追求教育，有些人追求环境，有些人追求机会，有些人追求福利，有些人追求自由的氛围，不一而足。偷渡至此的墨西哥人，也有自己的所图。

圣地亚哥老城过去曾经被墨西哥占领过，据说从居住环境到生活习惯还保留着墨西哥的元素。追溯老城的历史，互联网上有一段文字这样写道：1542 年西班牙的探险船队第一次到达圣地亚哥，宣布这里成为西班牙帝国的领土。1602 年西班牙人到这里勘测并绘制地图，建立殖民区，并逐步在现在老城

圣地亚哥老城贴满了各国货币的墨西哥餐馆

所在地区开始建设。1769年建成了加州地区的第一座城市。1821年，墨西哥战胜了西班牙，这里又为墨西哥所有。1848年美墨战争后，这里连同整个加州与亚利桑那州、内华达州、犹他州、德州和科罗拉多州的一部分，被美国以1800万现金加80万美元债务的代价收购，成为美国的领土。

接近老城时，我们看到建在半山的房屋成簇地出现，有别于美国其他地方居家与居家间保持着相应的距离。这里的房屋一幢挨着一幢，和中国人的住宅有些相像。导游说，的确，他们喜欢群居，喜欢喝酒、聚众、热闹，生活习惯明显不同于美国人。

来到老城，我们在导游的带领下穿过一两条街道，到一家墨西哥人开的餐馆吃墨西哥餐。所谓墨西哥餐，导游计划让我们吃牛肉、鸡肉还有蔬菜，目的是点餐时节省时间。那个餐馆里只有一个讲汉语的服务员。

餐馆里人很多，95%是中国人，想必这里也是旅游团的定点就餐地。如此拥挤的就餐环境谈不上丝毫享受，但餐馆却很特别，四面墙上从窗户到门楣贴着世界各地的纸币，前台的柜台、餐桌边放置菜单的木架子上都贴得满满的，上书“某某到此一游”、“某某帅哥和某某美女X月X日来到这里”，五花八门什么都有，美元纸币居多，还有欧元、人民币和不知名的钱币。餐馆以此来彰显它的个性，客人中也有人愿意迎合。我们同团的一个一家四口没有零钱，即兴掏出一张20元人民币，找来胶条贴在窗户上面仅有的一小块空地儿，昭示他们来过这里。

我要的蔬菜餐上来之后，发现是一块面饼卷着一坨蔬菜，有白菜、蘑菇、西红柿等，盘子旁边有几片炸薯片，另配一杯饮料。我肚子饿了，而且想赶紧吃完离开这个吵闹的地方，于是三口两口麻利地吃完，快速结束了这顿午餐，到街边溜达，感受这座城市的风土人情。

街道的中心是座大教堂，我和另一个同伴走进去，看到里面出奇地安静，只有一个人面对十字架坐着，一动不动。为了不打扰他在上帝面前祈祷，我们悄无声息地站了一会儿，又悄无声息地走出来，轻轻将门带上。

圣地亚哥老城的糖果店

街上不同，有不少黑人见面寒暄拥抱，还有摆小摊的买卖人将琳琅满目的手工艺品摆出来招徕顾客。旁边的小店里也经营着各种生意，卖糖果的，卖宗教用品、纪念品、日常用品的，餐馆、咖啡馆满街都是，坐在露天的咖啡馆里优哉游哉地吃饭、喝咖啡、聊天的多是黄头发、白皮肤的欧美国家人，几乎没有中国人——大概中国的旅游团都像我们这样被拉到定点的餐厅去吃饭了吧。如果是自由行，我也一定会找一个自己喜欢的咖啡馆坐下来，不急不躁地待上半天，感受当下的心情、环境，看看街面上的人来车往，用自己的嗅觉和感知捕捉到这个城市的一点特殊的讯息。

但凡老城，还是有它独特而厚重的格调，比现代化的摩天大楼和钢筋水泥堆砌物更有味道。人们在这里年复一年地生活，延续着自他们的祖先就已开始了的传统，无论是否已经过时，依然渗透着浓郁的人文气息。这种延续，便是根的伸展。根深，才能叶茂。任何一个民族想要发展，都不能没有根基支撑，都不能断然地割裂传统。无根的民族就像浮萍，漂泊无定，不堪一击。

今天，从军港到老城，我看到圣地亚哥的两张面孔。

二

在洛杉矶，有一天时间的自由活动，我来到这里就开始做选择。

由于戒了微信，很多天没有在朋友圈发消息。来到洛杉矶的当晚，北京的一个朋友问我怎么回事，让我小小地感动了一把——远离了微信，还有人惦记我。这位朋友是搞艺术的，听说我在洛杉矶，告诉我那里有一个山上的美术馆一定要去，不去遗憾。当我知道他说的美术馆就是女儿行程里的Getty

Center 时，我发现我们的想法不谋而合。当我浏览女儿的行程看到这个美术馆时，也产生了强烈的参观愿望——或许可以利用自由活动的那一天。

然而自由活动只有一天时间，同时我还想去看女儿，此时她也在洛杉矶。看了看她的行程，那天她在迪士尼，而她所在的 Guest House 酒店就在迪士尼附近。来洛杉矶之前，我一直对女儿说："如果条件允许，我会争取去看你。"由于人生地不熟，很多情况未知，我一直不敢将话说得太满，怕万一去不成让她失望。

来到酒店，行李还没放下，我就请前台的服务员给我提供去迪士尼的交通路线图。服务员告诉我，从我所住的安大略市机场附近的 Days Inn 酒店到女儿那里，打车大约四五十分钟。我将如何打车等问题问清楚后才回到房间。

女儿一个人住一个房间，我告诉她自由活动那天或许我可以过去和她住一晚，她很高兴。可是后来发现不行，因为自由活动结束后，第二天我就去机场了，万一赶不上团队也会很麻烦。我将这个情况告诉女儿，看到女儿微信发来的木然表情图，我意识到她有些失望。我的心被触动了一下，随即回了一条信息安慰她："我肯定去找你"。她高兴了。

时间怎么安排？怎么和女儿见面？还能否去美术馆？迷茫之中我的脑海里出现两个方案：一个是第一天晚上去女儿那里住，第二天她随团去迪士尼，我去 Getty Center；另一个是第二天我全天陪女儿游览迪士尼，头天晚上就不过去了。将这两个方案发给女儿，她选择第二个。

得！再见了 Getty Center!

人生常常面临选择，很多时候鱼和熊掌不可兼得。当选择太多而时间有限时，我们需要舍弃，尽管有遗憾，但总有一些东西无法被我们完全拥有。只可想望，无法触及——或许，那是因为有更重要的东西吸引着我们，成为我们生活中更为真实的一部分。而在面临选择的时刻，最能考验我们的思想境界和价值观。我对那位从事艺术的朋友说："我惦记着 Getty Center 啊，可也不能让女儿失望，况且昨晚回来太晚，我也不敢独自打车去找她了，我决定和她一起去迪士尼了！我特别想去 Getty Center，昨天念叨了一天，可惜，女儿把它打败了。看来我只好把它留给未来了……"接着还不忘调侃一句，"我想，人要有神性，更要有人性。嗯嗯，看，经历了一件事我变成哲学家了。"朋友乐，给我发回了四个"笑脸儿"，"高兴就好"。

结果到了晚上，女儿又告诉我她的行程有变，迪士尼临时改成环球影城了。这样正好，和我所在旅行社的自费行程一致了，我们也去环球影城，于是赶紧联系领队，再加上我一个名额。昨天去圣地亚哥的大巴上，导游在讲自由活动时去环球影城的计划，我一直没有留意，因为我一直惦记和女儿一起逛迪士尼。这下好了，女儿变了，瞬间我也变了。

看来洛杉矶自由活动的这一天，我的行程完全是随女儿而变了。谁让她是我最爱的女儿呢！我爱艺术，放弃欣赏世界顶级珍藏让我觉得遗憾甚至痛苦，但让女儿失望，未来我会更加遗憾。如此想来，放弃 Getty Center 就不可惜了。世界上有很多的美好珍藏，即使穷尽一生可能也无法看尽，无论怎样，这缺憾也总会有。与其痛苦，不如随缘，将艺术的美和诱惑留给想象。或许未来我们还有机会光顾呢！其实我惦记着梵·高的《鸢尾花》，我知道他的《鸢尾花》被收藏在Getty Center。我见过《鸢尾花》的图片没见过真品，机会难得，但恐怕也要与它擦肩而过了。而且不光是梵·高的作品，据说这家美术馆有5万件珍品收藏，很让人憧憬，心里有种痒痒的感觉。我去圣地亚哥那天女儿正好去参观这家美术馆，我嘱咐她如果看见梵·高的《鸢尾花》一定要给我拍下来，同时嘱咐她那些名画一定要多观摩，对于学习美术的她有帮助。

我刚游完圣地亚哥，就接到女儿电话，不知什么缘故声音几乎听不清楚。我对女儿说听不见，挂掉电话发短信吧。女儿说："刚才电梯里没信号，老师非让我们跟着他一起走，可能看不到梵·高的画了，呜呜呜，我们现在开始看一个半小时。"我说你可以建议老师去看，那画挺有名的。女儿说："说过了，但老师一定要大家一起一个馆一个馆地看，现在这么长时间只看了半个馆，梵·高的画在最后一个馆。"

我忽然间意识到，自己是不是太过分了？她只不过是一个刚满13岁的孩子，我凭什么让她为了我到处去找梵·高的画？我的喜好是她的喜好吗？同时意识到她真是一个好孩子，我原本跟她说的是"如果"看到就给我拍下来，没想到她还当成任务去完成并特意打电话给我。想到这里，顿时有种心疼的感觉。我发短信给她：没关系，宝贝，那儿的很多画都是精品，你安心欣赏吧。

但没过一小会儿，女儿又来短信："看来我遗传了你的口才，老师同意一会就去看梵·高的画。啦啦啦……”后面还缀了一个愉快的笑脸儿。女儿为了能找到梵·高的画很开心，我的内心却有些惆怅：梵·高真是她喜欢的吗？我凭什么打乱她的计划让她四处去找？我是不是无形中剥夺了她看更多作品的机会？想起在国内一起看画展，我喜欢的常常不是她喜欢的，比如我喜欢写意，她恰恰喜欢工笔，然而我有什么权利和理由不让她按照自己的喜好、作出自己的选择？毕竟她还只是一个少年，毕竟她的未来还蕴藏着无限的可能，毕竟她是与我不完全相同的独特的个体。亲爱的宝贝，谢谢你为妈妈做的这一切。但我得鼓励她，我回复：“好！你真棒！梵·高的那幅《鸢尾花》很有名的。你现在画素描将来奔油画走的，珍惜机会，好好欣赏，好好感受！真品只有在博物馆能看到，不打扰你了，沉下心欣赏吧。”宝贝“嗯嗯”回复了我，还是那么乖。

亲爱的宝贝，我们环球影城见吧！

电影的神奇·母亲的挚爱

一

早早地醒来，期待和女儿在环球影城见面。

将近6点，在酒店洗漱的时候，我感觉地板像是被谁跺了两下，“咣当咣当”响了两声，接着是上下颤动。第一反应：谁跺地板？第二反应：地震了吗？

果不其然，一上车导游就告诉我们，今天早晨5:43，洛杉矶地震了。4.3级。就在前天拉斯维加斯来洛杉矶的路上，导游还讲起洛杉矶处在地震带上，是多震地区。这回我真切地体会到了。

巴士载着我们直奔好莱坞。

我不追星，不羡慕别人成名成家大红大紫。我如今的职业也早已与影视无关，对影视的兴趣也已远不如从前浓厚，而且随着年龄的增长，反而对热闹之处多了几分反感，向往平静的生活。我去好莱坞，纯粹是为了和女儿见面，她所在的新东方和我所在的旅行社的行程今天意外地巧合了。

美国是一个生活在轮子上的国家，从一个城市到另一个城市，一两个小时的车程是家常便饭。路上，导游继续讲洛杉矶。导游说，在洛杉矶，华人居住的地方相对集中，周边就有五个城市住着大量的华人。当车行至某处，他让我们向窗外看，说这就是华人居住区。我们看到路两边建筑物的标牌上开始出现汉字，中英文居多，银行，律所，餐馆，超市……其实在哪里都一样，同根同源，自然有着心理上的趋同和接近。我想起北京的望京，由于韩国人集中居住于此，周边的餐馆、日常用品店等也都被涂上了一层“韩国特色”。在美国的中国城里，华人与华人朝夕相处，所听所见全是汉语，很多人的英文水平可能一辈子都无法长进。据说派到这里来执勤的警察也不得不掌握一些简单的中文，否则无法交流。

当然，在美国的华人，根据阶层、实力和兴趣不同，也有各自不成文的划分和相对集中的居住地，老移民、新移民、投资客等分别居住在和自己相同或相近的“圈子”里。大概这亦属人之常情。

我们在洛杉矶只待三天，无论如何接触到的都只是它的表面。只有深入其中的人，才冷暖自知。

二

9:30到达环球影城。听说女儿在好莱坞的第一站是星光大道，大约一个小时才能来到这里。为了不至于走散，我决定在门口等待。

上午10:30，在环球影城前面的大圆球边见到女儿，女儿背着个双肩背包，同学、老师正兴致勃勃地拍照，她拿着手机正跟我通电话。女儿来美国15天，我也已经有12天，美国的行程，能有这么一个“巧合”，对我们来说是异常幸福的事。

作者在环球影城门前见到女儿

我跟老师打过招呼之后，携女儿一起检票进入。我们先去坐小火车，一边排长队，一边聊着这些天彼此的见闻。女儿参加的“旧金山户外拓展+洛杉矶经典暑期课程东西海岸22天体验营”已经进行了2/3。第一周在旧金山的优胜美地国家公园加入了一个美国当地的夏令营，为了让同学们专心地投入到营地各种各样的活动中，这一周老师将他们的手机收起来统一保管，由老师每天发微信向家长通报信息。优胜美地的夏令营美国的中学生占了绝大多数，他们和中国学生一起活动，一起住宿，除了攀岩、探险、绘画、做手工、滑滑板等丰富多彩的活动外，晚上还开各种PARTY，从视频看，歌声此起彼落，同学们忘情陶醉，沉浸在全然的欢乐中，一个个美翻了。第二周在洛杉矶一个叫Julian的中学随美国孩子一起进行课外学习。美国的暑假很长，7月份正值暑期，学校没有课，不存在“插班”一说，但有像中国一样的补习班或兴趣班，他们正是在这些班里体验和学习。但据女儿说，假期来学校学习的美国孩子并不多，老师也都是墨西哥人，说着墨西哥味儿的英语，还时不时地跟他们说汉语，对此她表现出不满。我告诉她，重在体验，接触各种各样的生活、各种各样的人也没什么不好。另外，当你无法选择或改变环境时，就要尽可能从这个环境中汲取好的、有益的东西，那时你会发现，无论你经历或遇到什么，都会有收获。以此鼓励她以积极的心态面对眼前的一切，从中获取有益的东西。

环球影城的片场

今天正好是周末，环球影城的人特别多，一弯一绕地随着所排的长队转了无数圈之后，终于上了小火车。火车开动，最前面的车厢里站着一位热情洋溢的讲解员，用极富感染力的语言向大家讲解着与电影有关的各项内容，后面的车厢通过电视实时传输她的画面。我听不太懂，但能感受到她的热情。火车载着我们穿过各个片场，女儿认出这个是《侏罗纪公园》，那个是《变形金刚》，这个是《神偷奶爸》，总之使她特别兴奋。每到一个拍摄地，小火车上的两个小电视里就会播放相应的电影片段，让观众在现场重温经典的电影情节。

当小火车驶入一个隧道，仿若进入了恐龙时代，发怒的猩猩、恐龙扑向我们的火车，引起一车人惊叫，接着有水喷入车内，更是引起一片骚动。大家喊着，叫着，笑着的当儿，车咣当咣当地摇晃起来……当小火车驶入另一个隧道，又开始出现《速度与激情》的现场模拟，小火车像是被电影中的车辆拽着飞速前进，进入到电影的情节当中了，一会又突发洪水和地震，小火车就不停地震荡和摇摆，再配上解说员夸张的解说，气氛很逼真。

穿过隧道，突降大雨，淋得小火车滴答落水。又见山洪暴发，刹那间洪水滚滚而来，奔流而下，给大家带来不一样的体验。孩子尤其喜欢，坐在我旁边的女儿欢快地笑着，惊呼着，拍手叫好。我们还看到，在有些建筑前有人坐着或走动，定睛再看，是电影正在拍摄中。

小火车载着我们走了一圈，领略了大半个影城的风景。下了小火车也到了午饭时间，看着影城内熙熙攘攘的人群和从上园到下园的电梯前排的长队，我们意识到很可能玩不了几个项目。正走着，看见刚才小火车上的女讲解员站在那里，我特意走过去，赞美她的讲解很精彩，她又露出很开心的笑容，愉快地向我道谢。而我，更感谢她给我们留下一段美好记忆。

我说渴了，女儿立刻就到摊上买水，用英语跟人家交流。我们要去吃饭，女儿主动就去问哪有餐厅，一边问路，一边看地图，像是她带着我，而不是我带着她。刹那间我感觉到，刚满 13 岁的女儿怎么突然间长大了？以前在北京，无论我怎么鼓励，她都不愿张口说英语，跟外国人交流更是犯怵。可是今天，一切变得那么自然，看到她的进步和成长，我内心真是高兴。平时在北京，女儿和我的交流也并不是特别多，但今天，她一路上跟我讲了很多她在旧金山和洛杉矶的见闻，令我感到十分温暖。

环球影城的片场

环球影城内

离集合的时间还有两个多小时，遂女儿的心愿，我们简单地吃了快餐后，在影城内继续游览。毕竟她还是个孩子，不远处的小黄人儿激起她的兴趣，在纪念品商店里逛了一会，买了一个可爱的小黄人儿挂件，她说要挂到自己的双肩背包上。又在套圈、扔球的地方花十美元扔了两次球。球没扔进，女儿有些不开心，我见状开始跟她讲道理，告诉她既然是游戏就要抱着好心态，不要一心想着赢，还要想到有可能输。赢得起，也要输得起，要抱着输赢无所谓只是参与的态度，不然就不要玩儿。也许是我太唠叨了，女儿并不喜欢听这些，她带上耳机，一个人走在我前面。看着她孤独瘦弱的身影，我心里着急，但也有些心疼，一种复杂的心情涌来。我们急切地希望自己的孩子继承我们性格中优秀的、阳光的一面，可是我们应该采取什么样的方法才能真的奏效呢？我时常会遇到这样的困惑和难题。然而，十几天来，我们才难得在这里见一次面，这个场面让我心里很难过。我跟上去，试图安慰和接近她。彼时的我，也不知道该说些什么了，接下来的心情便有些沉重，这是我唯一且最爱的孩子啊！

这个场面没有维持太久，我想我也理解小孩子的心情。宽大的胸怀、阳光的性情是需要在不断地磨砺、熏染和成长中逐渐养成的。作为家长，或许真的不应该太过急于求成。

一个人的成长，家庭教育依然是有必要的。作为中学生，学习是主要任务，但长远来看不是全部，性格、情商以及道德的培养同样不容忽视，牵扯到一个人将来的生活品质、精神状态、对人对事的态度乃至长远的幸福，某种程度上或许更能决定未来。我所在的旅行团里有一对母子，和我的女儿同在一所重点中学——清华附中初中部学习。初中读完，他又顺利考入清华附中高中部，学习成绩应该很优秀。然而日常的行旅当中，却每每听到他动不动就说自己的妈妈“废话”，跟妈妈拌嘴惹妈妈生气，听上去还是有些刺耳。那位妈妈还是一位小学教师，从事教育工作，谈及对学生教育的时候头头是道儿。有一天闲聊，我们的领队钟队突然插嘴说：“那是别人的孩子，教育自己的孩子就是另外一回事了。”那位妈妈顿时哑然。

我想应该对此引以为戒。“絮叨”的教育不是英明的教育，但撒手不管却也不可取。

从卖小黄人儿那里走出来，又看到前面的一条长队。女儿看了看地图，是4D电影，她要看，我就陪着她一起排队——我今天就是为了她而来，她玩好，就是我全部的希望。可队伍实在太长了，随着队伍的行进，我们一会在树阴下，一会又暴露在烈日中，但看看前面，离电影院的入口还有很长很长的距离，那架势有点像节假日北京的欢乐谷，买了价格不菲的门票费那么大的劲儿进去，实际上玩不了几个项目，时间都耗在排队上了。这时看见进来的另一队人马并未排在我们的队伍中，而是单辟一条通道快速进去。女儿说他们胸前都佩戴了一个紫色证件，远远地看到确实如此。再看进门时拿到的地图，上面也有快速游览证的广告，那是需要额外购买的，现在看来很有必要。但由于事先不知道，也无人提醒，现在再买已来不及，只好慢慢地排队，心说只要不落空，就算没白来。

环球影城内的歌手

好歹还是排到了。我们先被领到一个讲解室里，里面有“三只小猪”，有皮诺曹，有关于它们台前幕后的故事，作为电影的“序曲”。听了大约十分钟，我们才被放行到电影院里，座椅随着电影情节在摇晃，里面的动画人物不时走到跟前，水从黑暗中喷出来，洒在身上凉凉的。可怕的是当虫子飞来，脚踝上一阵抓挠，吓着大家吱哇乱叫，同时伴着笑声……电影时间不长，却给女儿留下深刻印象。见她满足，我也倍感欣慰。

此时我们各自归队的时间已经到了。就在这时，恰好她碰见同学，于是她和同学一起走了。我追了她两步，依依不舍地看着她消失在拥挤的人流中……

再往后，我所有的心情都是郁郁沉沉的了，直到半小时以后跟女儿的领队宋老师打通电话，确认女儿已经归队，心里才感觉轻松一点儿。晚上，跟她爸通电话我还诉说彼时不舍和惦念的心情……

三

离开环球影城再游星光大道，我已经是意兴阑珊了。好莱坞又是一座异常POPULAR大众化的城市，热闹而又充满诱惑。星光大道上来自世界各地的游客络绎不绝，那些拓在地上的大小影星的名字就那样不停地被千万人踩踏着，不知道那究竟有何荣耀。而世间所有的荣耀和辉煌在人去楼空之后都将化为灰烬。所有的追逐、拼搏和努力，到头来都只是一场空而已。当然，真正的艺术家，包括电影艺术的创作者和演绎者创造的优秀艺术形象，还是会长久地驻留世人的心中，一切美的东西都带着

星光大道上影星的签名

隽永的气质，不仅仅是留在星光大道，更是留在世人的记忆里，与热爱美的灵魂长久相遇。

好莱坞的街头热闹非凡，卖艺的，杂耍的，观光的，乞讨的，兜售光盘的，扮成海盗拉住行人照相的，装成小矮人吸引小朋友买东西的，五花八门，应有尽有。不时驻足街头的双层敞篷观光车拉着满满一车人，他们拿出长枪短炮抑或手机，兴致盎然地冲着奥斯卡颁奖礼举办地的杜比剧院争相拍照，拍完就走，并不作过多的停留，也无暇做过多的思考。

我从剧院出来，看到中央的夹道上自上而下印着一段段电影明星的表白，有的讲述自己奋斗拼搏的心得体会，有的道出自己成名前的苦辣酸甜，有的畅谈理想情怀……读着那些个性化的语言，才稍稍感觉这个热闹的地方有了一些动人之处——一切打动人心的元素，都潜藏在经意或不经意的细节中。有一个演员写道：过去他每天都站在这里，希望有一天被发现，但很多很多天过去，没有人理睬他。直到有一天，他在这里邂逅了某某大导演……那一刻，仿佛再次看见了这位演员孤独疲倦的身影和失望落寞的眼神。这是人间无数偶然"成功"的故事中的一个，在北京的八一电影制片厂门前，不也曾有这样的故事发生吗？他们热爱艺术，抑或渴望成名。戏里，他们是甲乙丙丁；戏外，每个人又都在演绎着属于自己的悲喜人生。

和多数的游客一样，我也没有在此久留，浮光掠影地看完了计划内的"景点"，在街边的星巴克坐着看了会儿人来人往，就到了集合离开的时间。

杜比剧院前的热闹景象

比弗利山庄的奢华·圣塔莫妮卡海滩的和谐

一

这是我们此行美国的最后一天。从夏威夷到大瀑布，从东海岸到西海岸，浮光掠影地走过许多地方，却似乎从未有机会在任何一处踏踏实实地停下来，深入进去，接触一点人间烟火。今天导游将我们带到了一片住宅区。它依然不能代表民间大众，而是洛杉矶富人身份象征的著名的比弗利山庄。

不知道为什么，一到这里我就联想到中国城，因为这里和我们之前看到的中国城形成了巨大的反差。街道上虽然十分清静，除了几辆正在行驶的轿车之外，很少看到人影。道路宽敞整洁，路两边是高大的棕榈树和窗明几净的商店。据说在这里售卖的商品大多是国际一线名牌。在这里居住的人有电影明星、制片人、公司老板，还有美国乃至世界各地的富豪。

比弗利山庄依山而建，最前面是一大片树木草坪，一棵大榕树不知道在这里生长了多少年，大伞一般几乎覆盖了整片草地。美国的草坪可以随便踩踏，走在绿草地上，大榕树下，凉爽舒适。山庄的正中间有水和一小片沙滩，不知道为何如此设计，靠山面水，难道这里也讲究中国的风水学吗？

走近那些住宅，感觉却又颇具个性。每栋房屋都有不同的格局构造，是一层还是两层，是白色还是红色，大概都依各自房主的喜好。有的满院栽植着同一种花草，粉色的花朵正在棚上、树上、架上热烈地开放，内设秋千茶座，可见房主对某一种植物的偏执和对生活的热爱；有的只在门前放些花盆绿植，深红浅白，将洋房别墅装点得更加别致；有的深院索居，高门大院，门窗在树木花草的掩映中影影绰绰，望不到里边；有的完全开放，无遮无拦，无花无草，只在院子里停放一两辆汽车，随便望去，尽收眼底。也许临街的缘故，也许周末早上还未醒来，多数房子关门闭户，窗帘放下，尽量地抵挡着纷扰。绕着方形的道路走了一圈，我只在一个院子里见到一个五十岁左右的老人，睡眼惺忪，正从房子里走出来，来到车边，不知道是要出来伸伸懒腰透透气还是要发动汽车。我扫了一眼，就匆匆走过了。在“参观”的同时，我也有种怪怪的感觉，实在搞不明白别人的住宅怎么就被写入了旅游的行程，成为游人的观光地了呢？人来人往，对于热爱清静的美国人来说，大概也不是一件愉快的事。

比弗利山庄的大草坪

比弗利山庄一角

草草地走了一圈，我就坐到大榕树下的草地上休息了。

比弗利山庄的环境的确优美舒适，却不是美国大众住宅的样本。导游告诉我们，山下的房子每栋大约在200万美元左右，越往上走越贵，山顶的房子大概在500万美元左右，这在美国也不是平常百姓住的地方。世人追逐财富，就是因为财富有些时候在关乎生活品质的问题上真的能够兑现吗？君子爱财，取之有道。我相信很多真正的富有者，其自身的追求都超越了财富本身。不管怎样，一切通过自身努力与合法渠道的正当所得都应该得到尊重和肯定，而付出了努力却无所收获的人，也不必自怨自艾，灰心沮丧，财富与幸福有时又无直接的关联。看尽世间万物，找准自身方向，静度欢喜人生。

二

我们离开比弗利山庄，走了没有多远，就到了离这里最近的海滩——圣塔莫妮卡海滩。这里是纽约到洛杉矶的66号公路的尽头。美丽的海岸边、棕榈树下，立着一块标注着“66”的大牌子。看到这片海滩的第一眼，我就喜欢上了它。

我站在马路这边的高处远眺海滩，蔚蓝的海水与蓝天相接。眼前大片柔软的沙滩看上去纵深足有两三百米，从海边铺展到眼前。来之前看过旅行社的宣传图片，图片上的圣塔莫妮卡海

比弗利山庄的一角

比弗利山庄一角

滩人头攒动，有游乐设施，有商店超市，一组组特写镜头展现的是一番现代而热闹的场景，让人有种局促、烦躁之感，而实际上圣塔莫妮卡海滩的“景致”却比图片开阔了许多。因为是周末，的确见到有些美国人携家带口来到这里。沙滩上还辟出一个不小的停车场，但也并不是人满为患，远不如图上人多，全然不见中国的夏日海滩“下饺子”的场景。

记得有一年我去辽宁的葫芦岛，海滩上几无立足之地，不但人挨人，而且遍地是垃圾，那样的度假休闲就真的谈不上享受了，所以待了几分钟我就离开了。

圣塔莫妮卡海滩边上有暗红色的小别墅，面朝大海，上面长满了藤蔓和暗红色的花朵，沉稳而又不失浪漫，在近处沙滩和远方海天的衬托下，显得分外漂亮。

由于下午就要奔赴机场了，我出门时的装束并不适合亲近海水。我所在位置恰恰是观海的最佳角度，在高大的棕榈树下扶着栏杆，吹着海风，俯视着如画的风景，望着海边彩色的遮阳伞和沙滩上走动的人，发呆抑或遐想，全由自己。

海风吹在身上，有点凉，但十分舒适，所以我和另外一个团友就决定待在这里度过片刻安闲了——在来去匆匆的旅程中，能够停下来的片刻总是特别难得。这时棕榈树下，一丛多肉植物中跑来一只小松鼠，它在里面欢快地寻找着，时而找到一个小果子，就捧到嘴边“吧嗒吧嗒”地吃掉，然后再找，全然无视我们的存在。过了一会又来了一只，蹦蹦跳跳地来到我们身边，没有丝毫害怕的样子。

在美国，我有一个特别深刻的印象和感触，那就是大自然中，所有的动物都幸福地与人和谐相处，无论华盛顿波托马克河边草坪上自由飞翔的野鸭，夏威夷 PAUOA 海滩边不慌不忙的白鹭，还是在珍珠港游人脚下欢快啄食的小鸟、领着小鸭在

圣塔莫妮卡海滩

人群中自由自在过马路的母鸭子，神情举止中都透着从容自在和无忧无虑。是其自《独立宣言》开始就已奠定了的自由、独立、平等的理念已经延伸至动物和自然界了吗？对待动物如此，对待人就更不必说了。

就拿对待残障人士来说，在中国，人们对待残障人士或多或少都有轻视甚至歧视之嫌，一些出租车遇到坐轮椅的人打车常常视而不见，风驰电掣般驶过，街边的盲道也是形同虚设，摆放着车辆杂物，有些残障人士出行不便索性选择待在家里。

而在美国，轮椅上的残障人（或者老年人）似乎特别多，他们像正常人一样出现在博物馆、机场、商店等一切公共场合。一方面，是他们给残障人士提供的生活设施十分便利、利用率很高；另一方面，也是最最重要的一方面，是人们对待残障人士的态度十分友好。

在印第安人博物馆的四层，我看到有人推着一位坐轮椅的老者过来，迎面走来的美国人远远地就停下给他让路，小心翼翼地让他先行，周边的人也都如此，个个都是一副颇为尊重的姿态，很有耐心。看得出来，那种尊重发自内心。

很多时候，一个人无法选择自己的命运和际遇，而遭遇不幸的人本就已经十分不幸，我们的无视、冷漠和歧视只能加重他们的痛苦和不幸。那无视、冷漠和歧视，难道不是残忍和野蛮的表现吗？只有怀着深切的悲悯之心和平等的观念，才能在我们的心灵之上开出文明的花朵。

看着两个小松鼠一前一后从大树的背后钻出，那位团友问：“它们俩是一家吧？”是啊，温馨和谐，幸福无忧。在国内，

海边树下的小松鼠

我从未这么近距离地于大自然中观察过小松鼠，偶尔在公园见到，也无法走近。

再转头望向身后，零星散布的棕榈树下是青翠的草坪，有一个金发碧眼的女孩坐在那里一边吃着东西，一边向大海的方向望去。棕榈树的后面是影影绰绰的城市的影子……

在圣塔莫妮卡海滩的衬托下，一切都是这么美。

阅读美国

回到人本
——读林达《一路走来一路读》

去欧洲之前读了林达的《带一本书去巴黎》，去美国之前买来他的《一路走来一路读》。林达的书，大多从政治或历史的角度去挖掘和解读一个城市，又以讲故事的方式吸引读者眼球，以人性化的立场、观点和态度引起读者思索与共鸣，唤起人们心中蕴藏的温暖情愫。

《一路走来一路读》，更多的是以政治的视角剖析历史，并试图给未来指出方向。

不关心政治，而现实生活又离不开政治。政治并非总是丑陋的代名词，当一个国家、一个民族被卷到风口浪尖，在大是大非的选择上，在重大关口的选择上，政治智慧给民众带来的福祉是不可限量的。混沌无明的时代，更需要政治英雄。美国南北战争中，降将罗伯特·李将军为何能在民众心中赢得持久尊重？美国总统约翰·亚当斯和托马斯·杰弗逊在分歧多年之后，为何能于暮年找到心灵的交义点？南北战争中力促南北和解又绝不放弃自身职责的南方“邦联”战争部部长布莱肯利奇将军为何于生命攸关的时刻仍然坚守道义？政府的最终妥协意味着什么又带来了什么？西班牙国王胡安·卡洛斯在继承王位后为何向逃亡海外的对手伸出橄榄枝，引渡其回国而前账不予清算？

《一路走来一路读》引发了太多这样的思索，英明的政治必是在政治、人性、民众的利益和民族的未来之间作出了慎重的权衡。

当罗伯特·李将军作出投降决定时，并非出于个人的懦弱，而是将个人的荣誉和安危抛在脑后。他的选择是屈辱而艰难的，但他使多数的普通民众获得了解放和寻求幸福的权利。7月3日，在托马斯·杰弗逊临终昏迷之时，问家人的最后一句话是“今天是4号吗？”“他的生命在昏迷中顽强地坚持，似乎是在等待一个决定性的时刻。第二天午后，这位卸任总统终于停止呼吸”。而几乎与此同时，和他纠结一生的另一个卸任总统约翰·亚当斯突然中风失去了知觉，于同一天辞世。危急关头的布莱肯利奇呢？“就像他们的祖辈，像建立这个国家的早期领袖华盛顿、杰弗逊等一样，仍然保持着罗马古典共和主义的精神，他们用一种正面的态度来对待政治。在他们眼里，政治就像音乐、艺术一样，是高尚而道德的事业。政治家，就像艺术家、音乐家一样，是一种高尚而美好的身份”。如作者感叹：“这种近于艺术家般天真的政治观之可能存在，为我们留下了对‘干净的’政治的最后一点信心。”

他们都是政治人物，然而他们对于人性和道德的考量，都超越了政治，闪耀着耀眼的光芒。

如果说人性、道德和良心在社会进步的道路上扮演了重要角色，是推动人类文明的重要线索，那么法律是推动政治文明和社会进步的另一条重要主线。“美国是一个多元的移民国家，有着非常复杂和尖锐的内在矛盾，几乎没有一件事是全国上下一致的，没有一件事没有人反对的。可是美国又似乎是一个十分稳定的国家，所谓‘政治危机’在两百年的历史中从来没有过”。林达在书中列出许多生动的法律案例，介绍美国在一次次法律个案和血的教训中使法律逐步走向完善，使复杂、多元的行为和思想在机制的包容和权益的平衡中彼此消解，从而达到相对的平衡与和谐。林达介绍司法的独立人格和力避“唯我正确”的司法理念，介绍法律对不同宗教、不同个体一视同仁的保护，介绍民众而非精英的思考在推动着法律的完善与进步。

在“史密斯诉葛根案”中，对于葛根在裤子的臀部位置缝上国旗图案是否违背了“轻蔑地滥用国旗”的法律条款，大法官鲍威尔在裁决意见中说，早在1968年，联邦最高法院就曾指出，“有些人看来是轻蔑的行为，对另一些人却有可能是一种艺术”。

每年9月的第一个星期一和九月的第一个周末一起，组成美国的劳动节。一个多世纪以前，美国工人在这个秋天版的劳动节，经过艰难的努力，争取到了属于自己的劳工权益，促使国会通过《国家劳动关系法》，在此基础上通过的《塔夫特-哈特利法案》《兰德伦·格列芬法案》《最低工资法》等一系列法律又使之不断得到完善。

在“如果你生而是一个工人”一节中，当林达回答劳工是否神圣的问题时说：“我的前半辈子，在很长的时间里不是农民就是工人。当农民自不可提，即使是当工人，拿着最低时一天7角人民币，最高时一个月36元人民币的工资，我没有任何可以讨价还价的余地，也没有选择做哪种工作的权利。因此在那几十年里，我从来也没有想过，劳工是否神圣，劳工怎样神圣……我只想过，人生就是含辛茹苦，辛勤谋生是天经地义的事情。可是，当我在这块土地上身为一个工人，试着用我的美国工人朋友的思路看待生活的时候，我理解了，如果生而是一个工人，我们要的是什么？劳工神圣，是因为劳工和别人一样是平等的，既不低人一头，也不高人一等。劳工不能让人贬低，也不必受人赞美。劳工的利益在于，他们有权得到他们应该得到的那一份尊严和福利，不能少也不必多。他们还有权得到法律给予所有人的同样的保护。劳工的权利第一条，就是他们有权组织起来成立真正代表他们自己利益的工会。当他们组织起来，能够理直气壮地利用法律保护自己利益的时候，他们才不再是可怜的弱者。”

书读完，我没有得到半点旅游信息，却对美国多了一份更深层次的了解。

灵魂的深处
——读林达《特蕾莎修女的信仰危机》

我没有想到，那个听从了基督的召唤到“穷人里的最贫穷者”中去，因无私救援困顿的人而撼动了世界的著名修女特雷莎，内心深处竟然如此地困惑。面对公众演讲之时，她铿锵而坚定，而在书信中，在上帝面前，在独立面对自我的时刻，她又曾经那么地痛苦和迷茫。在林达《一路走来一路读》中关于特雷莎的这篇文章使我小小地吃了一惊。

这篇文章缘于最新出版的一本书《特雷莎修女：成为我的光》。这本书首次发表了大量特蕾莎修女的私信和忏悔、祈祷记录，显示了她长期处在信仰的困惑之中。

书中记载，特雷莎在印度静修一年之后，在36岁的时候，她向教会报告，基督向她发出召唤：放弃现在的工作，到城市贫民窟去，到穷人中去，来吧，“成为我的光”。她跟随基督的指引，开始了她终生未曾放弃的救助事业。从不被接纳到接纳，从不被理解到理解，她与世俗世界发生了日益增强的纠葛，对世俗世界的介入越来越深。她救助世俗世界的穷苦人，接受世俗世界的捐献，也不得不面对世俗世界的要求和批评。她接受世俗世界的荣誉，这种荣誉推动了她的事业，无形中也束缚了她。而宗教与世俗，有时存在永远难以跨越的鸿沟。用林达的话说，那是完全不同的道理和逻辑。然而，她被推到如此的境地。书中显示，1979年9月，她在给一名天主教神父信中写道："基督对你有一份特别的爱，而对于我，沉默和虚空实在太大。我看，却看不见；我听，却听不到。"可是在一个多月后的诺贝尔和平奖颁奖仪式上，她表现得正面而坚定。她谈到圣诞之日提醒这个世界"传播着的喜乐是真实的"，因为基督无处不在，"基督在我们心中，基督在我们遇到的穷人那里，基督在我们给予和接受到的微笑"。

现实与心中的向往到底有多远？隐含在话语中的有多少是真实的成分？在那激励世人并自我激励的努力里，夹杂着多少的困惑与彷徨？林达说信仰是非常"个人"的事情，教徒和非教徒间的分界就是一个"信"字，而笃定、崇高、受人尊敬的特蕾莎修女在自我内心的最深处，怎么可以经受如此黑暗的煎熬呢？信仰是光，真的"信"，没有黑暗，只有照亮。刹那间我迷茫了。宗教与人性，在一个基督信徒那里，在一个佛教信徒那里，是宗教超越了人性，还是人性超越了宗教？林达说，基督信徒并非铁板一块，他们本身就是凡人，他们只是在按照他们所理解的神的旨意在行事。而彼时的特蕾莎，已不是最初那个听从神的召唤成为基督的光的特蕾莎，她痛苦找不到基督，她痛苦她的心灵陷入莫名的黑暗，她曾因呼唤得不到回应而怀疑过上帝的存在。是的，当上帝在时，他就在。当上帝走了，他就走了。而特蕾莎还能回到最初的那个特蕾莎吗？在灵魂幽深的深处，那个最真切的声音是什么？

超越宗教，超越世俗，那是我们永远不可远离的指引。

在文化遗传中站立
——读托马斯·索威尔《美国种族简史》

从美国归来，我本来是出于对印第安人的好奇，抱着尝试的态度买来《美国种族简史》，不曾想它却给我带来诸多收获，完全超出了我的预期。这是它在4年之内印刷25次的原因吗？

“美国民族的形成实乃整个人类历史上的一大奇观。多少年来，有4500万之众越洋过海，从世界各大洲来到美国。他们操着各种语言，代表着世界上各个民族、各种肤色和宗教。今天，美国的爱尔兰后裔比在爱尔兰的爱尔兰人还要多；犹太后裔比以色列的犹太人还要多；美国黑人人口超过大多数非洲国家人口。波兰主要城市的人口都赶不上美国底特律的波兰后裔，而纽约市的意大利后裔则是威尼斯人口的两倍……使用‘少数民族’这个字眼，是难以充分描绘构成美国社会百衲衣的这些巨大种族社区的，因为没有‘多数民族’。可以辨别的最大单一种族是英裔人，可他们只占美国人口的15%，比德裔人（占13%）或黑人（占11%）实在多不了多少。”

我曾担心这是一部枯燥的学术著作。事实上是有学术的成分，却无学术的痕迹，有从社会学角度的分析判断和调查研究，亦有文学性的故事和感性表述方式，有学术的、资可依赖的科学信息，亦有人文的、人性的情怀和体恤。只是没有学术的刻板和乏味。作品分几个部分，分别讲述来自欧洲的美国人，来自亚洲的美国人，来自非洲的美国人，来自拉丁美洲的美国人，从每一个种族最早的移民史说起，再谈及移民的后代，移民的教育，移民的种族关系，移民的现状，力图展示全面、立体的信息，颇具含金量。个人以为它是了解美国种族史理想的读本。

跟随自己的好奇心，我从感兴趣的篇章读起，先去了解第一批抵美的爱尔兰移民。他们是从本土的凄惨遭遇中逃离出来，赴美移民大多挤在货船的空舱里，船上没有厕所，污秽遍地，臭气熏人，疾病盛行，他们男女混舱，睡在 1.8 米长、1 米宽的架子铺上，饮用又浑又苦的河水，大批年富力强的壮汉死于移民的途中。在 19 世纪 20 年代到达时，特别是在 19 世纪 40 年代和 50 年代大批移居美国时，他们从城市最底层干起，男的干体力活，女的当佣人。经过几代人的痛苦磨砺，才慢慢得以改变。

最初移美的苏格兰 - 爱尔兰人在大致北起宾夕法尼亚州中部，经过弗吉尼亚州的谢南多厄山谷，向南延伸到南北卡罗来纳州的皮德蒙特山区这一狭长地带定居下来，多半集中在马萨诸塞、纽约、宾夕法尼亚和伊利诺伊 4 个州。历史和特殊的环境造就爱尔兰人好斗，使他们和后来的任何种族都难以和平相处。“全美各大商埠爱尔兰居民段，个个都是社会治安的难点。在纽约，爱尔兰人‘集居’的第六区是大名鼎鼎的‘血腥老六区’”。爱尔兰人也被称为“好斗殴的爱尔兰人”，自从爱尔兰人来到这片土地，“从爱尔兰带来的酗酒和斗殴恶习，在美国一直难以根除”。他们不仅对某些特定种族怀有敌意，后代的美籍爱尔兰人还对一般的“外国人”形成某种笼统的敌视心理。“中产阶级的美国人害怕与爱尔兰移民做邻居，他们赶快搬家，住得远远的，这绝不是没有道理的”。但托马斯·索威尔也说，“苏格兰-爱尔兰人尽管素以打斗和酗酒而恶名远扬，但他们也以到哪里就把教堂和学校建在哪里而著称于世”。而与此同时，古凯尔特文化又是“敌视读书人的”，“爱尔兰人得心应手的领域，和爱尔兰大众打得开的渠道，通常都是既不需要商业拼搏精神，也用不着学术造诣的行当”。在长期的政治迫害和政治斗争中磨炼出来的迂回模式和先天的英语优势使他们在政界、金融、工会领导、体育和新闻方面一马当先。

很多族群最初来美都是试探性的，男的先到，视情况才把妻儿接来，但爱尔兰人不是这样。他们在19世纪举家迁移，就表明了一去不返的决心，“在他们上船时，就已决意要变成美国人”。

作为中国人，接下来我读华人移民的部分。

“‘华侨’的存在是一种世界现象，从东南亚到加勒比海的广大地区都有他们的踪迹，美籍华人只是其中一部分。截至1930年，已有800多万中国人离乡背井，迁居各地”。

中国是个历史悠久文化灿烂的国家，在很长时期内曾是世界上经济、技术和社会组织最先进的国家，“中国在11世纪所达到的经济发展水平，任何一个欧洲国家在18世纪之前都没能赶上”。时至16世纪，中国仍然保持世界上最高的生活水平。海外华人的出现和这个伟大文明的衰落是相关的。在明朝统治的最后一个世纪，中国人开始外流。托马斯·索威尔说：

“中国现代史上的一大讽刺是，中国人在世界各国都能发财致富，但他们在国内却贫困不堪。”

第一代华人来到美国，几乎都聚集在美国西海岸，在农业、铁路修建和其他繁重的体力劳动中干着最重、最脏、最低下的工作，有10000名华工参与修建了太平洋中央铁路，每一块枕木下都埋着华人的尸骨。尽管如此，华人还不时遭到欺凌，因为他们既非白人，又非基督信徒，而在当时，这两条缺一不可，无论缺哪条都足以构成致命的弱点。1885年在怀俄明州的一个煤矿，华工因罢工而遭到屠杀；加利福尼亚州的一个华人社区，由于受到暴徒武力威胁而不得不全部离开；白人暴徒在西海岸和落基山脉地区，不时地焚烧和洗劫唐人街，所到之处滥杀无辜。而1854～1874年的一条法律禁止华人在法庭上提供不利于白人的证词，公开凌辱华人，而华人遭到抢劫、伤害和攻击，法律是不管的。

1882年美国政府索性颁发了《排华法案》，单方面极大降低华人移美人数，也造成在美华人历史上最严重的男女比例失调。和多数种族一样，最初来美的华人也大多是男子，具有试探的性质，而《排华法案》颁布后不到十年，两性比例就达到27∶1，该法案直到1943年才被撤销。那段时间，华人男子被困在美国，既不能回国，又不能过正常的家庭生活，“在一个既不为人所需而他们自己也不想待下去的国度里，数以千计本来就没有打算终生居留美国的华人，孤独地度过了他们的一生”。

在严峻的处境下，中国人凭借着吃苦耐劳的本性最终渡过了难关，后来他们离开矿区、农田和铁路，开办洗衣店和餐馆。“这些餐馆大都坐落在华人社区或唐人街，竭力让人感到不是在与白人竞争。甚至时至1920年，在美国有一半以上受雇的华人在洗衣店或餐馆干活”。面对无处不在的歧视，华人的态度是退避三舍，尽量不惹人注意。美籍华人向来是“文静而平和的”，美国的唐人街也往往成为高度自我封闭的社区。

然而重视教育是华人的一大特征。1940年，加利福尼亚州只有3%的美籍华人是专业人员，而白人则为8%，其后的10年达到18%，超过白人的15%。1960年，半数以上的专业美籍华人在从事科研、财会、工程、制图和高校的教学工作，过半数的大学教员教授工程或自然科学。1959年，美籍华人的平均收入就已经超过了其他美国人。今天的美籍华人不但在收入方面优于一般的美国人，社会地位也较高，有1/4的美籍华人在科学和专业领域工作。

托马斯·索威尔将华人的成功归结为比别人干活多和比别人受过更多更好的教育，和我在美国看到的一样，中国城或唐人街的状况似乎并无多大改善，“作为一个群体，美籍华人家境富裕，而且受过良好教育。但是唐人街却贫困不堪，华人文盲率也高于一般美国人”。

再读近邻日本的美国移民史。

华人到达美国要比日本人早30年左右，尽管这是两个完全不同的种族群体，但在一般美国人的印象中，这两个种族仍被笼统地视为“东方人”或者“黄祸”。

在夏威夷旅游的时候，看到岛上有很多日本人。今天，我在这本《美国种族简史》里找到了渊源。书中记载，战后移民美国的冲绳人有90%以上去了夏威夷，只有8%的人到了美国本土。直到今天，夏威夷的日本人仍占到日籍美国人的1/3，另有1/3住在加州，不足1/5的人住在东北部、中西部和南部。不同于初来美国的其他种族多数都是穷困潦倒或受苦受难者，来美的日本人，多为经过严格挑选的优秀公民，他们不是绝对的贫困者，也非来自富裕的家庭，“他们的可取之处不在于有钱，而在于有本领”。“他们追随着明治维新时代已成为日本文化一部分的美国理想，而日本在世界舞台上日益提高的地位，又使他们得以保持作为日本人的自豪感”。今天，他们的平均收入已高出全美平均水平32%，仅次于犹太人，成为全美最富有的两个种族之一。

然而不管走多远，祖国，始终是移民的心理依托和后盾，祖国国力的强弱在某些时候也影响着他们在海外的状况。即使作为合同工输入夏威夷的日本人，也时常得到日本本国的保护，“日本对海外的日侨十分关心，国家有能力和威望为其撑腰，这使日本有别于当时的中国。中国当时太弱，自身都难免不被瓜分，根本谈不上替海外华侨讲话”。1882年美国颁布《排华法案》，单方面降低华人移美数量，将大批华人男劳工困在美国长达66年之久。而1868年，夏威夷的美国人和日本人之间相互不满，日本政府出面干涉，当即遣送一批人回国，并在其后许多年内规定不准其他日本人去夏威夷。

但日本偷袭珍珠港之后，美籍日本人遭遇了前所未有的劫难。1942年2月，罗斯福签署一项行政命令，授权军队可以将“有关人等”从军方指定的“军事地区”赶走，“安置”在其他地方。随后的一年，有10万名日本人，包括男女老少，被运往加州到阿肯色州一带荒无人烟的各个巨大的拘留营，这一带是“以前没有住过，其后也没人住过的”不毛之地。“他们全家人挤在斗室之内，周围全是带电的铁丝网，还有武装的哨兵巡逻”。直至第二次世界大战爆发，30万名日裔美国人被送往欧洲战场，在“二战”中的悲惨经历，成为其在美国站稳脚跟的转折点。

墨西哥是美国的近邻，墨西哥籍美国人也是一个不容忽视的群体。读完日本人，我直接找墨西哥人。

“某些最早和最晚来到美国的美国人，都来自墨西哥”。“美籍墨西哥人的文化注重家庭。像意大利移民一样，‘对家人热情，对外人敌视’是墨西哥人的特征”。本书用几条来概括墨西哥人：在西南部成为美国领土之前就在那里定居的原墨西哥居民的后裔；从墨西哥来美的非法移民；合法迁移来美，但不是美国公民的墨西哥人；从墨西哥来美的临时居留者，他们持有各种官方证件、签证和工作许可证等；已经归化为美国公民的墨西哥人；合法与非法移民或临时居留者在美国生下的后代，他们理所当然地获得了美国公民身份。

和我在美国看到、听到的一样，也许由于与美国2000英里长边境线的地缘关系，墨西哥人在美国不仅集中居住在西南部的5个州，其中又以加州为最，而且表现出异常复杂的状况，像“湿背”这样的词恐怕只为偷渡的墨西哥人独有，他们进出美国太过随意，也造成在美墨西哥人的鱼龙混杂。墨西哥国内一直存在着森严的等级，大约1%的人属于上层社会，2%是中产阶级，97%的人都是底层阶级，几乎所有迁美的墨西哥人都来自底层社会。他们随“淘金热”来到加利福尼亚，随“采矿热”来到亚利桑那，另有一批于战乱时作为难民而非移民逃至美国。墨西哥本土的等级制度也影射到美国移民的现实中，中产阶级的老移民瞧不起新移民，担心新来的“肮脏、无知和缺乏教养之辈”导致美国社会不接受整个墨西哥种族。但收入上的巨大差距、漫长的边境线等好几个因素促使美国不能像对待世界上其他国家那样有效控制来自墨西哥的移民，“非法越境的移民大不了被遣送回国，有人可能好几次试图越境而未伤一根毫毛，有些则会在同一天晚上被边境巡逻人员抓住好几次也无所谓”。因此，美国政府一直以大规模的遣返来代替对边境的控制，美国移民史上出现的三次移民浪潮又都以大规模的遣返而告终。

美籍墨西哥人的文化不仅可以追溯到墨西哥，还可追溯到西班牙乃至整个西方世界的文明。墨西哥原始的印第安文明是在西班牙人入侵、与当地人所生的混血儿逐步发展成绝对多数之后逐步瓦解的。到18世纪后期，西班牙人已经在加利福尼亚、新墨西哥和得克萨斯等几个州建立零星的小规模居住区，直至1821年墨西哥建国独立。后来美国人和墨西哥人关系紧张，一场得克萨斯争取独立的战争，使得克萨斯于1845年并入美国。随后的几年，墨西哥又把大约1/3的国土割让给美国，就在这块原墨西哥的土地上，建立了加利福尼亚州、内华达州、亚利桑那州、犹他州、得克萨斯州、新墨西哥州。另有科罗拉多、堪萨斯、俄克拉荷马、怀俄明州部分地方一并划入。

移民美国的墨西哥人一直坚持讲西班牙语，受教育程度低，“美籍墨西哥人目标和价值取向从来都不以教育为中心”，加上墨西哥人一直保持居高不下的生育率，这使得他们在适应美国文化的速度一直很缓慢，人均收入水平也较其他种族偏低。

犹太人也是一个比较特殊的族群，他们不是来自哪一个国家或属于哪一种文化，而是来自许多的国家，属于不同的文化，但他们供奉古代以色列的同一始祖，分享宗教信仰和历史传统的共同内核，这共同的内核使他们在失去“祖国”的岁月里依然能够凝聚起来，从强烈的种族认同意识中获得某种无形的力量。希特勒和纳粹于20世纪30年代在德国崛起之时，包括世界上一流的犹太学者、艺术家、科学家和文人移民美国，爱因斯坦是其中最杰出的代表。作为少数种族，犹太人不管旅居何处，都曾在不同程度上长期遭到异族敌视，但坚定的价值观念和传统精神又最终使白手起家的他们在美国经济社会如鱼得水，取得巨大成功。今天的犹太人家庭收入已高出全美平均水平的72%，在美国各种族中遥遥领先，被称为美国成功故事的典型之作。

这种成功，某种程度上要仰赖文化的力量。犹太文化典型特征之一，就是对知识的尊重和敬仰。犹太人最突出的一点，就是他们对待教育的态度。“即使身居贫民窟，犹太人也具有中产阶级的社会模式和价值观念”。他们把这种价值观带进贫民窟，后来又带出贫民窟。犹太人的崛起，不仅表现在经济收入较高这一个方面，也表现在受过更多教育、具有更高智商等方面。各种研究都证明，犹太人的智商高出其他美国人。1912

年对俄国犹太人居民地段的公立图书馆所作的一项调查表明，借阅过的书籍有53%是非小说类，而馆藏小说的大部分也是托尔斯泰、大仲马和狄更斯这类作家的作品，浅薄的畅销书则无人问津，“待在书架上，布满灰尘”。在曼哈顿东南端，不少学校的学生有90%以上是犹太儿童。

众所周知，在美国众多的种族中，最凄惨的是黑人。

作为奴隶来美，他们是在违反其意志的情况下被强行带到美国的唯一种族。在长达两个多世纪的奴役过程中，他们丧失了自由、人格和许多固有的语言、文化，过着非人的悲惨生活。直到1863年奴隶制度被废除，他们才作为自由人进入美国社会，然而长期被压迫，使他们的生活状况在很长的一段时间里，仍无法得到好转。20世纪中期开始，黑人的优势在一些领域迅速上升，在黑人年轻人中最为明显，在音乐、文学等方面也取得相应成就，历史上有三位黑人获得诺贝尔奖。而地位显赫或引人瞩目的黑人，迄今一直大多出身于黑人精英世家，或出身于西印度群岛人家族。

德裔美国人、意大利裔美国人和波多黎各人也都有各自特色，比如德国人在美国居住区自造的语言，在美国推广各式各样天真活泼的娱乐活动，音乐演奏、野餐、跳舞、打牌、游泳、玩保龄球等有益身心的文体活动等，不一一赘述。

综观美国各族史，我们看到，每一个初来此地的种族都曾受尽歧视，每一种族在美国进步的道路上都曾遇到过障碍。美国是个移民国家，但“移民”之下隐含着各种族间的巨大差异。作者提醒人们：每个人都生在世代相传的特定文化模式之中，这种文化模式有着深长久远的影响，此点不可忘记。“不管是在（美国的）多种族环境里，或是在世界各个民族及国家之间，事情大多取决于价值观念、态度、技能及交往等因素所构成的一套整体系统，许多人将这套系统称为‘文化’，经济学家们则将其称为‘人文资本’……战争所毁坏的只是一个国家看得见摸得着的有形资本，而人文资本却是战争无法毁坏的，一个国家持续不断地更新和进步，端赖其国民的知识和意向”。“从国际上来对比各种族的进步，更加证明了人文资本的重要性”。“文化遗传比生理遗传更加重要”。

美国文化是建立在各种族饮食、语言、态度和技能基础上的，这是全美共同的遗产。遗憾的是，《美国种族简史》在遍数了各地移民之后，唯独漏掉了在“美国”出现之前就已经生活在这里的古老族群——印第安人。（《美国种族简史》，托马斯·索威尔著，沈宗美译，中信出版社，2011年11月第1版，2015年2月第25次印刷）

博物馆，人类的标记

——读南希·艾因瑞恩胡弗《美国艺术博物馆》

克劳伦斯·戴伊说，博物馆是人类的标记。某种程度上，它代表或承载着人类优秀的文明成果，展示着人类的发展历程。而在所有的文明之中，艺术因接近心灵、趋向美好、超凡脱俗而又有着最为纯粹的质地，艺术博物馆，在众多博物馆中亦成为引人瞩目的一种。

遍数世界上的艺术博物馆，恐怕欧洲应该是首屈一指吧。在古罗马，在佛罗伦萨，在巴黎，向来有着崇尚文学和艺术的文化传统，无论是米开朗基罗之于教皇或梅第奇家族，拉斐尔之于尤利乌斯二世或利奥十世，雨果之于法国人民，都有着极高的地位，达·芬奇就是躺在法国克鲁城堡国王法兰西斯一世温暖的怀中离开了人世。而人们对于文化和艺术的热爱与敬重，已作为一种自然而然的思维和生活方式延续到今天，延续到生活的方方面面。从文化古迹的保存，到市民的言谈举止，都浸透着对于艺术的崇敬与热爱。作为文艺复兴的发祥地，欧洲随处可见的博物馆承载着欧洲艺术的光辉璀璨，让每一个目睹者头晕目眩，赞叹不已，成为世界伟大遗存中最耀眼的财富，随之也成为工业崛起的美国的效仿对象。

“美国艺术博物馆的首创者出自十九世纪一些富有的工业

家，他们将艺术收藏看作他们自身同时也是新美国成功、财富及力量的象征。因此从一开始，艺术博物馆的建立就被寄予用以表明美国文明与富裕的厚望”。而从一开始，美国的艺术博物馆就以欧洲的博物馆、以卢浮宫为范本加以模仿，不同的是，美国的艺术博物馆从一开始就依赖个人捐赠，建立在个人资本之上，不论是大都会博物馆、波士顿美术馆、现代艺术博物馆，还是我在美国看到的美国国家美术馆、FREER艺术博物馆，都建立在个人收藏和捐赠之上，由J·P·摩根、梅隆、洛克菲勒等一批批富豪及其组成的董事会来支撑，“他们将自己看作工业巨头，并且视艺术收藏和艺术赞助为另一种建立他们历史地位的方式，此举在当时也的确为他们争得了地位和愉悦”。

美国的艺术博物馆从一开始就无法脱离资本主义的干系，而与此同时也成为民主的象征。不管富豪们建立博物馆的动机如何，但博物馆向大众开放，举世瞩目的艺术珍藏纷纷展现在大众面前，与平民大众共享人类文明的成果，无论如何这是一项善举，亦是提高国民艺术素养的明智之举。就像今天，中国的许多博物馆、美术馆也大都已免费向公众开放，引进国内外重要的展览向世人展示。除展览外，还开展艺术讲座等丰富多彩的活动，这是进步的标志，无形中将推进文明的进程。也许缓慢，但必有效果。该书也不否认博物馆的教育功能，并辟出单章叙述。

南希·艾因瑞恩胡弗女士从一个研究者的角度在书中探讨了博物馆的创建者、管理者、董事会、艺术爱好者、民众、政府以及国家艺术捐赠基金会的关系，阐述了资本在其中的重要作用，以及资本与艺术的博弈，民主主义与精英主义的冲突与矛盾，展示了美国艺术博物馆在错综复杂的关系中演进和发展的大致脉络和图景。作为资本家操纵的艺术博物馆，在资本取向和艺术取向之间如何权衡？在名利追逐和艺术理想之间如何取舍？南希·艾因瑞恩胡弗女士作了一些探讨，提出一些担忧，但未给出解决之道——这是一个不好解答的难题，或许只能在磨合中走着看。

回想美国国家美术馆世界各地的大量收藏，回想我在那里拍到的梵·高的油画《橄榄园》，以及女儿在大都会博物馆拍到的另一幅几乎一样的《橄榄园》，再回想南希·艾因瑞恩胡弗女士在书中述及的名利纷争和复杂景象，我的脑海里不禁起了疑问：为什么她在书里没有写到艺术鉴定和艺术把关的环节？美国的艺术博物馆几乎被商界的富豪们把控和垄断，董事会中基本没有纯艺术爱好者或学者的席位。个人捐赠本是好事，但富豪们的艺术鉴赏能力真的个个靠谱吗？我们真的能够保证他们的收藏之中没有赝品吗？而作为博物馆，如何保证它展示给大众的都是货真价实的珍宝？这个时候，中立的艺术鉴定人就显得异常重要。而书中几乎没有这方面的论述。当然，美国国家美术馆和美国大都会博物馆里梵·高的两幅《橄榄园》未必一定有一幅是赝品，因为梵·高曾先后创作了十几幅《橄榄园》，但我对此的疑问还是有的。

总体而言，此书可读，为厘清美国艺术博物馆的来龙去脉，南希·艾因瑞恩胡弗女士做了大量调查研究。（《美国艺术博物馆》，南希·艾因瑞恩胡弗著，金眉译，湖南美术出版社，2007 年 11 月第 1 版第 1 次印刷）

让个性托起艺术史
——读王瑞芸《美国艺术史话》

1942年，当哥伦布第一次登上新大陆的土地时，他在日记中这样记载：“这真是一片神奇的土地，满眼都是绿色，有各种各样的鸟，大的，小的。它们的种类太多了，我根本就叫不出名字来。这里的树也有上千百种，结了各色的果子，散发着奇异的香味。我得带点样品回去让人们看看……”

《美国艺术史话》从这里写起，历数美国艺术的跌宕起伏，就绘画而言，从肖像到风景，从写实主义到浪漫主义，从传统艺术到现代艺术、当代艺术，由颇具个性的艺术家将其串起来，以“史话”的风格写艺术史，很有声色。而在美国待过9年、美国凯斯西方储备大学美术史系毕业的作者王瑞芸深厚的艺术修养、敏锐的人生领悟、流畅的文学语言，更给它平添了许多可读性。

正如南希·艾因瑞恩胡弗在研究美国艺术博物馆时所发现的，美国的艺术博物馆全然以卢浮宫为代表的欧洲艺术博物馆为范本，美国的艺术史也是紧跟欧洲潮流，以欧洲艺术为摹本和典范的，在美国艺术发展的各个时期，都有大批艺术家涌往欧洲学习和膜拜，甚至不惜泯灭自己的美国性格。在很长的一段时间里，欧洲艺术风尚代表了整个美国的审美取向，美国艺术随着欧洲流派的兴衰而起落。欧洲和美国，虽有切不断的紧密联系，但毕竟有着不尽相同的基因，在这个起起落落的过程中，美国的写实主义风格始终保留在艺术家的作品中，即使是受法国印象派影响深重的19世纪后期，美国的印象派仍然摒弃了莫奈《睡莲》中的朦胧与抽象，始终抓住了具象，“无论色彩如何朦胧闪烁，形象必须保住”。

另一个能够凸显美国特色的艺术样式是风景画。

一个多月前，当我站在美国国家美术馆，面对美国绘画，直觉感到美国风景画具有相对辉煌的成就，给人留下显著的印象。相比之下，人物和历史题材的绘画要黯淡很多。今天翻开《美国艺术史话》，为自己的感觉找到了根据——受自然主义和超验主义影响，于肖像画之后，风景画果然成为摆脱欧洲影响、代表美国自己特色的艺术，因而也成为19世纪美国艺术“最精彩的部分”。

是的，美国历史前后不到300年，在历史题材的发掘方面紧跟欧洲、一味效仿是走不远的，美国艺术自风景画开始出现了自己的流派。“19世纪上半叶，大自然已经成了不少美国画家和作家共同的主题。最能代表对大自然的倾慕立场的，是19世纪美国著名作家，同时也是超验主义的代表爱默生在1836年写下的一篇著名文章《自然》中表达的立场：把自然看成是上帝意志的绝对反映，因此尊重自然就是尊重服从上帝的意志。他的思想多少归纳了19世纪美国人的普遍情态，反过来又影响了美国的文化界。那时，自然对美国艺术家的吸引力超出了欧洲的博物馆、欧洲的城市或古迹。而且那个时候，自然对于美国画家还不只是给他们提供了新鲜而独特的绘画题材，它还是让美国人引以为骄傲的标志——这么雄浑辽阔的自然，欧洲可没有”。

书中分别提到特朗布尔于1806年和丘奇于1857年画的两幅尼亚加拉大瀑布的写生油画，其中一幅是我在美国国家美术馆看到的那幅吗？带着好奇回看当时拍的照片，果然，我看到的是哈德逊河派画家弗雷德里克·爱德温·丘奇的这一幅。刚从尼亚加拉大瀑布游览回来，在博物馆偶遇这幅画时，内心顿时有种异常的亲切感，这突如其来的情感，甚至使我忽略了画的本身和细节——如果不曾身临其境，或许它只是一张普通的画而已。然而身临其境的我与其再次邂逅，感情便全然不同，感觉便全然不同。

所以，我是不喜欢现代艺术中剔除了人的情感和主观因素后的冰冷和淡漠的。

美国现当代艺术随着美国工业的兴起而兴起，带着机器、齿轮的机械和陌生，以及高楼大厦、摩肩接踵的喧嚣与浮躁，让我想起今日喧闹的纽约。哦，纽约的确堪称现代艺术的中心，用王瑞芸的话说，它的每一栋大楼每一个广告牌每一个街角在这里生活着的每一个人，本身就是卓越的现代艺术，艺术家和艺术评论者美其名曰那是精英的艺术，需要智慧和超常的理解力才能理解它。然而我不喜欢。正如大部分的美国人至今仍不喜欢。脱离了人性的、形式的“纯粹”究竟又有多大意义呢？也许它对画家有意义，每一个热衷现代艺术的创作者似乎都对他的创作对象——那些拼拼贴贴的金属、门框、旧衣破布和狰犷的面孔倾尽了热情，他们涂得那么陶醉，看其作品远没有看其作画本身富有美感。

当然，是我不懂。王瑞芸说，后现代艺术的坦荡呈现是她的最爱，从这里，她看到的不仅仅是艺术美，而是境界美和生存感觉的美了，“艺术不是愉悦我们的感官，而是来提升我们的境界，改善我们做人的状态——让我们活得更自由，更放松，更真实”。此时我想起爱默生的话，“仔细分析并不能带来美好的感觉，任何美好的事物都展露在光明大道”。在艺术鉴赏的问题上，我跟着自己的直觉走。

纵观美国艺术史，如果说在欧洲压倒一切的主流风气中，美国艺术在某些方面还保有她自己的一些特色的话，那离不开各个时期在作品中坚持保有美国个性、自觉偏离主流之外的艺术家。像霍默，像伊肯斯，像赖德，在熙来攘往之中，均保持了自己鲜明的个性。“在当时，他们仿佛是一首合唱中的几个不和谐的音，而如今看来，他们却是美国艺术家中弥足珍贵的人物”。地道美国汉子霍默的画非常有美国性格，“在感觉的直截了当、作画的干脆利落、题材的本色、气质的阳刚方面，无人能出其右……他的作品看上去粗犷直率，不文雅柔美，却也因此火辣辣、活生生、‘原汁原味’。规规矩矩的画家绝达不到这种面貌”。他在欧洲没有待满一年就回到美国了，“欧洲是欧洲，他是他，他不在乎欧洲”。出色的女画家奥基弗在学画和作画的过程中只跟着自己的悟性成长，“她在学习别人的技法时从来知道自己需要的是什么，所以绝不会被别人的技法牵着走”。艺术创作对她来说是一个向内发掘的过程，所以她无论学什么都不会失去自己的感觉。她笔下的一花一草、一砖一瓦都具有非凡的灵气，是生命神秘本质的流露，在近一个世纪的时光中，画坛上风云变幻，风格更替频繁，而她岿然不动，像王瑞芸感叹的那样："艺术家做到这份上才叫'上路'。"

是的，艺术要表达的，不正是这融入了血液的鲜明独立的精神和个性吗？一个国家的艺术史，也该是富有个性、忠于灵魂的艺术家支撑起来的历史。（《美国艺术史话》，王瑞芸著，金城出版社，2013年4月第1版第1次印刷）

面对生活的本来面目
——读林语堂《美国的智慧》

“一个人与自然界的普遍规律保持步调一致，他就能够平静地接受这些特定的生命事实，并怀有一种自然主义的满足感。”“如何与生命旋律保持步调一致，是优秀的生命哲学的中心环节，可以带给人们满足和安宁。”跟随林语堂先生的这两段话，想象自己是森林中的一棵树，河流中的一滴水，或是太阳发出的一束光……无论是什么，在哪里，都很幸福。

有些时候我们不知道在哪里，与谁不经意间就会找到精神的契合点。而我与林语堂，向来有着某种精神与性情的相通。

和林语堂的其他书籍和文字相比，这本书因涉哲学初读起来略显高深和严肃了，不过那是生活的哲学，热爱生活的他带领我们在美国文学里，确切地说是在美国散文和他自己的经验里领略生活的智慧，探讨人生的真谛，真的深入进去，渐渐地便感到趣味无穷，内涵宽广。

在美国文学浩瀚的海洋里，他的选择是有标准有角度的，这个标准和角度便是他的喜好和生活态度。他跟随自己的性情选择爱默生、亨利·大卫·梭罗、戴维·格雷森、威廉·詹姆斯、本杰明·富兰克林、克利斯朵夫·毛利以及其他与自己相通、相近的那一类，在其丰富的著述之中选择最贴近生活本质的部分，除了自己评述，还将诸多著作全文或部分直接呈现，通过阅读原典，让读者对美国散文、美国思想和他自己的生活观有一个大致了解。

显然他对自然主义和超验主义是钟爱有加的，因此他极力推崇爱默生和梭罗。他和爱默生的“生活不需要辩证法”、梭罗“面对生活的基本事实”是息息相通的。

在林语堂看来，“品味普通生活的乐趣，展现在普通的日常环境和家庭琐事中人类的情感，让这些事情散发出真正情感的光和热——这正是真正散文家的艺术使命”。在爱默生看来，“时时刻刻感到充实，那就是幸福；时时刻刻感到充实，没有时间懊悔或是表示赞赏”。生活不是哲学，不是沉思，生活就是生活的本身，“不要沉湎于思考，而应去闯荡四方；生活不是静观默想，不是评头论足，而是使身体健康”。“仔细分析并不能带来美好的感觉，任何美好的事物都展现在光明大道上”。美好是在当下的刹那间捕捉的。

林语堂认为，智慧就是“面对生活的本来面目”，是“回归生活的充实”，这与梭罗的“我就是现在的我”、“我生活在现在”不谋而合，因此梭罗的这些话被他称为是揭示真正美国精神的重要言论。他从自我和当下的生活出发去寻找生活，寻找生活的哲学和逻辑，与梭罗达成精神的相通。梭罗说，“顺从自己的天性就是解放一个人思想的原动力”，上升到国家，他说，“一个国家只有逐渐意识到人的个体拥有强大的自主权，它才可能成为一个真正自由、文明的国度”。为活得有意义，他甚至到树林里，只面对“生活的基本事实”；为挖掘生活的真正意义，他消除所有无意义的生活因素，“把生活逼进最小范围的角落”。《瓦尔登湖》就是在这样的环境和心态中写作而成。然而简单即丰富，当一扇门关闭，另一扇门必然打开，使他进入全新的维度。

自然主义者和超验主义者只关注自己的心灵和生活的事实，有着一份独有的简洁和洒脱。林语堂在书中谈到，生活中，惠特曼曾经告诉爱默生，《草叶集》第一版“销量喜人”，而实际上当时没有多少读者购买本书。梭罗与惠特曼不同，他很超脱，远离通过卑鄙手段获得世俗名声。赫尔曼·梅尔维尔也属于这类人…… 读到这，我在旁边批注：我想，我也是此类。我们周遭的世界难道还不够喧嚣吗？名来利往，皆为浮云，可喜的是，我们始终拥有坚定、愉快的内核。对此梭罗怎么说呢？在 1853 年 10 月 28 日的日记中他写道：“正如我在书的封底所言，这些书蕴含着比名声更实际的意义…… 这是我苦思冥想的结晶…… 然而，我不顾这样的结果（书销量很差），今晚我仍旧安坐在一大堆死气沉沉的书稿面前，拿起笔，用十分的满足和激情，把我可能会总结的思想和经验记录下来。我的确相信，这一结果比所有一千册书被人买走还要令人鼓舞。书没有卖掉，属于我个人的东西就没有受到什么影响，我仍然自由自在。”

这种生活的超脱和对人性的跟随在林语堂看来亦是人生的智慧，如奥利弗·温德尔·霍姆斯法官所说，“生活的目标就是生活”，人生的意义和真谛在分分秒秒的实际生活中愉快地得到体现。亦如威廉·詹姆斯所说，“一年中的每一天，对你来说都存在着最终的人性”。“神性就存在于我们的周围”。“最深刻的人类生活将是无处不在的、永恒不变的”。生命充满了奇迹，我们就是神的孩子，没有谁，能泯灭你的光泽，你继续前行便是。林语堂说，随笔作家的传统做法，正是每天留意生活中发生的小事情，并赋予它们令人愉快的意义。这“愉快”，让他看到生活可爱的面孔与和谐的画卷，使他在富兰克林明快的个性中找到共鸣，亦使他无法接受宗教中“受苦”和自我推定“有罪”的部分，他认为那是宗教不求进取的自虐和头脑中的假想。正如他理解的格雷森需要的是摆脱教条、“充满喜悦”的新信仰，他认为宗教不应束缚和压抑人性和自我中光明的部分，而是使之得到强化和发扬。他说，“如果有人对我说：‘和我去教堂吧，你会觉得自己是个更优秀的人。’我就会和他去。但如果我知道当我从教堂出来的时候，会感觉比以前更邪恶并因此而鄙视自己，那我就不会去”。“今天，你不能靠拿地狱与毁灭吓唬人而推销宗教……我们的四周已经围满了心理学家提出的众多情结，缺少传道者额外兜售的有罪情结，我们也可以做得很好……你不能恐吓人们去热爱愤怒的加尔文上帝”。和他处于同一心态的格雷森，亦在礼拜日的早晨祈祷的钟声响起的时刻，跟随自己的灵魂跑向树林密布的乡野……他在那里找到了自我，亦与上帝对话，“人类用各种不同的方式崇拜上帝：在安息日的中午，当我静静地躺在温暖的日光里，我觉得自己正在崇拜着上帝”。一个有信仰的人，无论你在哪里，它都是你的信仰。而信仰并非盲信。美好的信仰，有着某种自由超脱的活力，会自觉地吸收光明美好的成分，摒弃羁绊心灵的部分。

智慧的生活不是一味地奔波和劳碌。林语堂说，“沉思的能力来自于一种思想状态，而思想状态产生于一天中一定时段里不做任何事情的生活习惯”。约翰·利维斯顿·洛斯说，“我们只要不总是夹在人群里来回奔波，我们只要下决心不时地走出人群，品尝一口来自于深井的甘甜的凉水，那么，我们就会得救”。在我看来，这些，都是智者的声音。

生活的智慧使他们活得自由洒脱、无挂无碍，甚至忘乎所以，以至时而衍生出貌似荒唐但又不失可爱的生活逻辑。嗜好吸烟的林语堂曾经说过，“凡吸烟的人，大部曾在一时糊涂，发过宏愿，立志戒烟，在相当时期内与此烟魔，决一雌雄，到了十天半个月之后，才自醒悟过来。我有一次也走入歧途，忽然高兴戒起烟来，经过三星期之久，才受良心责备，悔悟前非。我赌咒着，再不颓唐，再不失检，要老老实实做吸烟的信徒，一直到老耄为止”。“思想之贵在乎兴会之神感，但不吸烟之魂灵将何以兴感起来？”在这本《美国的智慧》里，他找来克利斯朵夫·毛利为自己的“歪理邪说”助阵，毛利先生的发言和他出自同一口径，“抽烟使得思想和灵魂的优秀品质通通展现出来”。“抽烟对人的健康比药草里浸泡的人参还要有益，抽烟还可以与疲劳和衰老作斗争”。“我把生活定义为坚持抽烟的过程”。

生活需要智慧，而即使是智慧的生活实际也充满了局限，正如世上的每个人都试图努力突出并夸大自身的“特别”，而在上帝看来，这种“特别”和“区别”微乎其微。“为什么要争辩呢？”林语堂说，“我们将永远、永远也不会比两千年以前的人离生活的真理更近……哲学的历史只是对旧有真理的重复。我们打盹，然后醒来，然后又打盹。荷马有时打盹，柏拉图打盹，卢奇安打盹，叔本华打盹。我们全都打盹。我们全都根据自己喜欢的个人观点使生活和历史理想化。没有人能够客观地看待事物”。每个人都有他自己的哲学，奥利弗·温德尔·霍姆斯法官认为，关于是否值得生活的唯一问题是，你是否生活得充实。

……

就是这样，在美国生活了十几年的林语堂先生，在美国文学史、思想史上找来自己的同道，谈兴极好地阐述着生活的智慧，那是美国的智慧，更是他自己的智慧。这智慧，引起了我美好的联想和愉悦的共鸣。（《美国的智慧》，林语堂著，北方联合出版传媒（集团）股份有限公司，万卷出版公司，2013年6月第1版第1次印刷）

褪尽世间浮华，回归自然本心
——读拉尔夫·瓦尔多·爱默生《论自然》

作为美国自然主义和超验主义文学的代表人物，爱默生在这本书的导言中说，我们为什么不去享受一种与世界的全新关系呢？土地是新的，人们是新的，思想也是新的，“让我们创造自己的作品、法律和宗教吧”，“让我们来研读自然那伟大的灵魂吧，它在我们周围散发着宁静的光芒”。

他看到了人与自然的切近，看到了自然给予人类无尽的恩赐，看到了“万物相互作用，每时每刻都在为人类谋福祉”。大自然的美激发了他内心无限的热爱，那是“无限又永恒的美”，是“像其本性一样美的东西”。在大自然面前，狭隘的自我自行消失了，融入到大自然的无限之中，“我什么都不是，我看到了一切”。从而变得博大而悠远。在天空和树林永恒的宁静中，人类找回自我，与自然相融的每一个时刻，内心都充满了欢喜。

平凡的大自然在他眼里美轮美奂，时刻给予着人类美妙的启示。你看，“哥特式教堂很明显来源于人类对森林中的树木及其枝丫进行的原始改造，成为或欢快或庄重的拱廊”，“它是在石头中盛开的花朵，服从于人类对和谐永不满足的需求”。

大自然打破狭隘，不知道这块地属于米勒，旁边那块是洛克的，再远处的山林是曼宁的，这迷人的风景不属于他们中的任何一位,“只有诗人的眼睛才能将一个个农场的美景凝为一体。农场的景色融为一体，才成为最美，这并非农场主人的地契所能赋予的”。而美是上帝赋予美德的标记,神圣的事物不会消亡。他歌颂大自然和人性中的真善美，认为所有的善都具有永恒重生的力量，而美即真，真即美，真正的哲学家和真正的诗人合二为一，真和美是他们的共同追求。“在艺术作品里，人类将自然之物原初的美展现出来”。

在他看来，宗教蔑视自然，只有贴近了自然的心灵才接近了上帝，“谁若向自然学会了信仰，谁就是最快乐的人”。“我们对自然有多陌生，与上帝就有多远”。

大自然是去浮气、去躁气的一剂天然良药，一个与大自然息息相通、紧密相连的人内心是平和安详的，“与自然和谐相处的生活、对真理和美德的热爱，将使人类的双眼得到净化，从而了解自然的含义”。相反，“如果人类质朴的本性和独立的思想被各种衍生的欲望取代，如对财富、享乐、权力、奉承的追求，复杂和虚妄代替了质朴和真理，人类就在某种程度上失去了利用自然阐释意志的能力”。

“智慧不变的标志即是从平凡中发现奇迹”，一个融入了大自然、看到了自身渺小的人，才更易看见世界的丰富与博大，才更易发现自我渺小的身躯里孕育着的活泼、神奇的本性与灵魂，源源不断的天赋与能量。“在我看来，除了我的本性，没有任何法则是神圣的”。一个人的本性是与生俱来的，是具有生命力的财产，无论在何处，它永远都在新生，“唯一正确的是追随我的内心”。相信并跟随自己的感知，“完美的信仰来自不自觉的感知”。社会有了新的花样，但他怀疑也失去了古老的本能，“伟大的天才是回复本质的人”。

“古代悲剧，以及所有古代文学的可贵魅力在于，人物的语言质朴纯粹。人们有极佳的感知力，却不自知……我们之所以仰慕古代，并非是喜欢旧事物，而是因为仰慕自然。希腊人不喜思考，却具有完美的感知力和最健美的身躯”。这让我想起《诗经》，站在诗歌的源头，站在混沌未开、林林莽莽的大自然之中，人们更近地接近着花草，接近着树木，也更加的接近着心灵。在花草树林和自然甘露的浸染与滋养中，他们的心灵愈加纯净，他们的语言愈加本真。《诗经》语言质朴，却击透灵魂，穿越千年。而一切有生命的事物都与自然相连。

因此，爱默生呼吁人们远离社会，远离书房，回归自然的本心，进入孤独的境界。在孤独的世界里，吮吸自然的甘露，观照自我的灵魂，“我们认为摩西、柏拉图、弥尔顿最大的优点是，他们蔑视书本和传统，他们表达的不是大众，而是自己的思想。一个人需要更多地学会发现并观察来自他内心的光芒，而不是诗人和圣人光辉的思想”。“这是伟大的艺术作品对我们最感人的教导了。它们教导我们，即使所有的声音都反对，也应心平气和地信守内心自发的感想”。他呼唤心灵的安宁，然而，只有回归了自然的本心，褪尽了世间浮华的自己，才能给自己安宁。

无论如何，我和爱默生一样相信，一个发现了自然奥妙的人，也将看到自身内在的光芒，得到自然丰厚的回馈。（《论自然》，拉尔夫·瓦尔多·爱默生著，吴瑞楠译，中国出版集团中国对外翻译出版公司，2010 年 1 月第 1 版第 1 次印刷）

停下来，听听他的呼喊
——读大卫·梭罗《远行》

“如果要在寒冷的冬天选一本书做生活伴侣，我想最能让你心情愉悦的，除了自然史别无其他。有一天突然下起了大雪，放眼望去，窗外一片纯洁。我捧起奥杜邦的书，心里平静而欢欣。细细品味间，我仿佛看到了盛开着的木兰花花瓣，一丝丝温柔美丽的海风路过佛罗里达群岛，迁徙的朱雀，还有农家小院那木棉树芬芳的香味。我还看到遥远的拉布拉多人已经在迎接春天，密西西比河的分道口处冰雪正在消融。我看到了磅礴而又生机勃勃的大自然，而我自己也快活强健”。

读梭罗的《远行》，正如他在开篇描述的这种感觉，与草木为伴，受自然熏染，身心都变得纯净欢喜。

大自然的一草一木都蕴含着神奇的能量，它不管政治、经济、社会，也不懂世俗的一切，只是按照自己的时序和节奏生长，开花，结果，给动物和昆虫以食物和居所，给人类以滋养和启示。生活在大自然中的一鸟一兽亦有其自身独立而美丽的轨迹，它们不以为人类真的高它们一等，它们在果园里自由地觅食，在森林中尽情地欢唱。无论人们懂得还是不懂得，了解还是不了解，大自然就在那里，年复一年、日复一日地孕育着自己的神奇。

而卢梭，就是那个懂得的人。“如果你只注意到这片土地上的政治，你永远都不会感到愉悦……当所有的人都只关心政治时，土地都会呈现出破败的迹象”。他和小溪里的鲦鱼“精神相通”，和秋天里的落叶心有灵犀，对荒原中的野苹果情有独钟，和整个大自然息息相通。他的生命和哲学，就是被广袤的大自然滋养孕育出来的，他将所有的热情和希冀都给予了大自然，大自然也给予了他丰厚的回报——那欢乐，那幸福，那性情，那思想，无不打着大自然美丽的印记，简洁，但鲜亮。

“每条小溪都是草地的生命线，向草儿输送最新鲜的生命汁液。池塘里的冰块儿也借着温暖的力量铆足了劲儿崩裂开来，欢愉地迎接着春天”。大自然使他的心灵平和安宁，而我沉浸于这样的文字中，内心刹那间亦无比沉静。还有比大自然更纯洁无染的吗？还有比大自然的杰作更伟大的吗？

所以他抛弃了图书馆，抛弃了艺术家的画廊，抛弃了喧闹的社会和繁华的街市，将自己抛掷于全然的大自然当中，向自然请教，向自然学习，从自然中源源不断地汲取能量。他说：“一个无知的人不仅仅是有益的，甚至还是美好的……我们所能达到的最高境界并不是知识的积累，而是我们在长期学习中培养出来的感知知识的能力。”他知道，只有大自然，能够给予人类原始的能量，使人类保持敏锐的觉知，这“无知”之中，蕴含着无边的大智慧啊——究竟能有几人真的想起来从唾手可得的大自然中汲取财富呢？人们怀着永不满足的欲望，不停地到自然之外去索取，追逐着金钱、权力、地位、荣华富贵，以为这些能够给他们带来幸福，殊不知，一个真正幸福的内心，需要的原本那么少，“人类最美好的生活源于最简单的事情”。

丰厚的大自然每时每刻都在给予他们、向他们呈现。然而更多的人视而不见。如梭罗所说，“他们徘徊在天堂的门前，却不知道门在哪里”。

而每个人的造化，的确需要他自己的悟性。

梭罗时刻被大自然熏陶，在自然中陶醉，“我们路过空旷的沃野，每一片土地散发着让我们陶醉的清香；大自然静静地思考着，静静地等待着，等待着我们去体验、去感受、去游历，并在它的怀抱中深思。依稀的晨光里，每一幢农舍，每一扇栅栏的影子都朦朦胧胧。远处传来清脆的敲击声，让这里的美景更显纯净安宁”。大自然亦使他自由不羁，使他“不管在什么情况下，都可以站到想站的地方，阳光终会洒遍每一片土地”。大自然给予他灵性，给予他翅膀，使他的内心盈满神性的欢喜。

在大自然之中，他变小了，小到于他的文字中几乎找不到“我”的字眼，而当自身变得渺小之时，其心灵也便与大自然的无限连接在一起，由此领略到世界的博大与震撼。他不仅看到自身的渺小，还看到在大自然面前世事的渺小，“在这片土地上，人类活动是那么渺小，占据的空间和资源就更加不值一提了。那些和人类社会的商业、工业、教堂、田地，甚至连让人厌恶的政治也都变得微不足道。政治仅仅是一片狭小的区域”。在一个人达到化境的心里，自然与人不是割裂的，而是有着不可分割的联系，“在这美丽的世外桃源，你可以享受到关于真诚、热情、光明这些关于人性的美好的东西”。“我们离自然最近的时候，就是我们自己最善良的时候”。读懂了自然并与自然有着深切感应的人，是幸福的。

“神奇的自然界有一种永恒的火焰，它永不熄灭，也不曾冷却过。正是这种火焰，让万丈冰雪重新融入土地，让千里沃土重见阳光”。这火焰，只有离自然近的人才能看得到，它仿若一道神谕，只显示在富有灵性的虔诚信徒的眼睛里。大自然就在那里，她像母亲一样给万物以果实，然而又有多少人像梭罗那样“稀罕”并珍惜她的给予，懂得与她对话，聆听她的教诲并从她的教诲中得到智慧？“最好的信仰，绝不是避灾驱祸，而是诚挚的感恩”。一个贫乏的灵魂，会有这样的感悟吗？

在梭罗看来，那些学者、专家做的研究，以及沾沾自喜的发现，其实都是在做自然不费吹灰之力就能做到的事情。“从一开始就和大自然交朋友，难道不好吗？何必耗费大量时间精力去搞什么研究”。恐怕这就是做学问和真热爱的区别吧。你看，那些鸟儿，“在秋天来临的时候，它们便成群结队地寻找食粮，飞越田野，穿过栅栏和小溪，将大量的种子带到适合它们生存的地方。这些种子经过冬的储存和春的滋润，便能长出大大小小的树林。这些小小的鸟儿，把一片开垦后的田地变成茂密的树林，也不过是几年时光的事儿”。带着好奇的眼睛和诗意的心灵去发现和感知，他发现了大自然的诸多秘密，即使与所谓的学者、专家得出同样的结论，那也是不同的。

在他的内心深处，他自愿与“漫步者”为伍，像原始的印第安人那样，过自然野性的生活。他说漫步者隶属于第四等级，既不属于国家，也不属于公民，更不是仆役，也不是教堂的一分子。悠闲、自由和独立是漫步中必不可少的三大元素，“这三者是任何财富也换不来的”。他这个漫步者深爱着大自然，“如果哪一天，我没有用四个小时的时间（经常都是超过四个小时的）去体验翻山越岭、亲近自然、在林间溪边穿行，那么我就会生病，身体上和心灵上”。行旅中，当他看到村民当成贵重物品般争相浏览从远方运来的报纸时，觉得他们是那么可怜。他说：“让它躺在自己永恒的高山上吧！不必从悬崖上低下头来，张望遥远的、微笑的、没有任何存在感的纽约和洛杉矶！”

他笃信大自然，大自然为他指明道路，“我们从哪里来？到哪里去？为什么有时如此难以选择？我相信在冥冥之中，大自然一定有一种神奇的吸引力，只要我们紧紧跟随它的脚步，坚持不懈地追逐，定会奔向光明的未来……我们愿意选择一条代表完美的小路并不断探索——即使我们在现实中从未见过这些美好，也愿意相信自己的眼睛，相信自然的仁慈。因为它让我们忠于内心，忠于自己，穿行于自己生命的最深处”。这是对自然的信任，也是对自我的信任。而一切信任的，都会在。

而这一切，似乎都在受着冥冥中的指引，就如他在自己所居住的村子漫步，总是情不自禁地面向西方，“面朝东方的时候，我心如死水，没有一点点期待。可我向西行走的时候，似乎能看到连绵起伏的森林延伸到太阳落山的地方，那里没有城镇没有居民，没有世俗的商业和技术，更没有令人恶心作呕的政治，就让我生活在我深爱的地方吧！”他甚至相信，“在未来，这会是所有人的选择”。“将来整个国家都要调转船头，驶向西方，我也可以断定，人类的航船也开始从东向西的航行”。他特别说明他所说的西方不是地理方位，是荒野时代的代名词，“我们去东方的时候，是带着谦虚之心学习人类智慧的，是为了了解艺术和文化。而当我们面朝西方行走时，却带着大无畏的冒险精神和进取胸怀踏入未来。假如你饮一杯大西洋里的水，你就会忘却过去所有的一切，繁荣或沉沦”。

他不要文明不要开垦，不要地球上每一寸土地都变成人类的耕地，他要森林要草地要山峦，他要永久地拥抱大自然！只有大自然，给他以欢喜和慰藉，给人类以幸福和未来……

让我们停下脚步，听一听梭罗的呼喊和倾诉吧。（《远行》，大卫·梭罗著，李妍译，古吴轩出版社，2013年10月第1版第1次印刷）

感受西部牛仔精神
——读杜书瀛《坐在汽车上看美国》

由于前一阵美国签证系统崩溃耽误了一些时间，原定7月份的美国、加拿大、墨西哥三国之旅只好改为美国一地，我的阅读兴趣也随之聚焦在美国。立于中关村图书大厦“游记”的书架前，在杜书瀛的《坐在汽车上看美国》和另一本赴美观光客写的游记间，我选择了前者。原因是作者杜书瀛不仅是中国作协的散文作家，还是一位美学家，我相信以美学的视角去观察和思考，必有不同寻常的发现和所得。此外，不同于普通观光客的是，这是他退休后四次探亲期间在美国从从容容地游走，时间的从容，想必会使他的文字更加切近美国的神经。

书的第一章，杜先生和夫人登上飞机及落地美国之时的兴奋和新鲜感与普通的观光客似无差别，这刹那的印象也多少在我心头掠过一丝失望——我想读的美国不是浮光掠影的美国，不是自然风光里的美国，也不是来去匆匆观光客的美国，美国的蓝天白云树木花草无法调动我全部的阅读兴奋，在这些直观的印象和感受之下，我似乎还有一些别的期许——我知道，那是人文的、审美的角度。但随着阅读的深入，好在杜先生的文字也在渐渐地朝着我期待的方向展开了，学者的视角和眼光也逐渐地展露出来，使这书越来越有味道。

他的游历以女儿在美国西部的住所为中心，前两次围绕女儿在吉莱特的家，后两次围绕女儿在善安的家分别向东西南北四面展开，十年间走了将近二十个州，遍览了黄石国家公园、大堤顿国家公园、死木头城、魔鬼之塔、坏土地、总统山、盐湖城、旧金山等各地景观，对美国西部也算有了较深的接触，颠覆了美国西部荒凉落后的定势印象，加之以对历史的回顾和对未来的思考，勾勒出美国西部的大致面貌。他每一次出行都是有策划、有准备的家庭式的旅行，由美国女婿开车，一家六口开心上路，和谐融洽。

在黄石国家公园，当看到门楣上的两行大字，也是写在了国会法案和总统法令中的一句话“为了人民的利益和欢乐”，他想到中国的皇家园林、法国王公贵族的私家园林，但他认为那都不是真正意义上的“国家”园林、“人民”园林，而是特权阶级为满足私欲所占有的私人独享。在今天的中国，昔日的皇家园林、私家园林大都已变成了公园，但人们内心的私欲并未消除干净，伴随着权力和资本的占有一度还曾扩张和蔓延，占房子，占土地，占资源，占一切可占之物，欲望的沟壑难以填平，所以才有了那么多的贪官污吏，才有了那么多令人发指的行为。杜书瀛说：“‘人民’‘民主’‘自由’‘平等’以及‘为了人民的利益而欢乐’……这类话、这样的口号，我们太熟悉了。自法国大革命以来，世界上不知多少人天天在重复着它们；而在我们的国家，近百年、近几十年来这类话、这类口号也比比皆是，‘文化大革命’中叫得最响。然而，正如罗兰夫人所说，‘自由，多少罪恶假汝之名以行”。

想起有一天我上班路过紫竹院公园——那是我每天上班都路过的公园，看到许许多多的市民在树荫下愉快地晨练，喜鹊迎着朝阳在林间跳跃，一时难掩欢喜之情，随手拍了一张照片发到微信朋友圈分享，感慨没有哪一个公园像紫竹院一样被我理解得如此深刻了，我越来越爱这个园子了。不料一位从事书画的朋友——某书画院的院长在这条信息下留言说：“喜欢把它买了吧。”听口气财大气粗，由此意外地引发了我与他的一段对话。我说：“不要占有，惠及更多的人，它才更迷人。而且国家资产也不可能卖给你呀。”他有不同意见：“国有资产流失得还少吗？很多国有企业都改股份制成私营企业了。”我说：“这就是占有欲吗？如果真让你一个人守着这个大园子，你真会觉得很美吗？”结果他得意地说：“俺的园子在蒙山比那美也。”我一时语塞，心中霎时亦掠过一丝怅然，不识时务地对他说：“大自然有无限的美景，它本就属于大自然的。被我们圈起来占为己有的，是很小的一部分。事实上，没有人能够无尽地占有，占有所满足的私欲的快乐也是有限的。”接下来我们都沉默了，想必那天的对话，彼此都不是很愉快。在纷繁的世事和聪明人面前，我的确还是一个单纯的书呆子。

面对景物，面对人文，面对科学，杜书瀛先生自然地倾向人文这一边，比如魔鬼之塔，在印第安人心中那是一块朝拜的圣地，在科学家眼里却是经过千万年磨砺的一堆坚硬的石头。杜书瀛说：“不管科学家怎么说，土著印第安人心目中自有一本账。我想，在一个民族的神圣信仰面前，有时科学是一种很‘残忍’的东西。还是让他们在自己的心灵中保住一块圣地吧。”

比如在坏土地国家公园，当作者被眼前沟壑纵横的山陵所震撼时，他想到科学家可能正从千万年的地质年轮中分析它的成因，然而他亦有美学家的执着，“我不懂科学。此刻我感受到的只是一种特殊的美”。

当杜书瀛到达新墨西哥州，想到这块土地是160多年前美国从墨西哥人手里生生抢过来的，他说：“天理耶？公理耶？反正历史就这么走过来了。你看，仅仅千余年，历史就打了好几个滚——西班牙人侵占了印第安人的地盘；印第安人把西班牙人逐出而西班牙人又重新夺回；墨西哥‘反’了西班牙；美国人‘夺’了墨西哥……再过百年、千年、万年，历史将怎样走？中国古人早就有‘大同’之理想；西方也有各种乌托邦；到马克思提出共产主义……都很美丽。然而直到目前，人类世界仍然上演着你争我夺、尔虞我诈的恶作剧，各种形态、大大小小……实在令人厌恶！”

在疯马纪念中心，从献身这里的艺术家科尔恰克·焦乌科夫斯基及其家人的故事，他看到艺术家心灵向善、期待和平和印第安人守候信仰、保卫家园的决心；在罗拉米城回善安的高速公路旁，于莽原之中从石头缝里长出的一棵大树中，他看到其中的人文历史信息和美国西部的历史细节；在信仰之城圣达菲，他思索信仰是什么并找到答案：一是宗教，一是艺术，两相比较，最令他陶醉的还是艺术；站在“白岩”深谷的悬崖之巅，他体会到康德《批判力批判》中所说的崇高的意思；当汽车行驶在80号公路，他感慨昔日华人劳工为修筑这条公路而铸就的屈辱和血泪史……

这些都是旅行社规定的行程所难以企及的。难得杜书瀛先生每到一处都将当天的见闻感悟及时记录下来，其中不少文字就写于沿途的旅舍中，这也是一个学者和作家的勤勉本色吧!杜先生已退休，但他说不知不觉中学术在今天已经成了他的命，写作成了他生活的支撑。他说，“没了学术，不再写作，岂不没有了命？”所以在他76岁第四次去女儿家探亲时，他先将头半个月的时间抽出来编了一本20万字的《美学十日谈》，而后再玩，心里才觉得舒坦了，玩才成为“工作之余”的休息，才感到心安理得。也是这勤勉，成就了他的这本令人耳目一新的游记——《坐在汽车上看美国》。（《坐在汽车上看美国》，杜书瀛著，作家出版社，2015年3月第1版第1次印刷）

听候自然的召唤
——读约翰·缪尔《墨西哥湾千里徒步行》

“我的计划很简单，就是选择我能找出的最荒野、森林最茂密又最省脚力的路线南行，以能经历的最大范围的原始森林为目标。”想到这里，约翰·缪尔背起背包和植物压平器，在老肯塔基橡木林中大步踏上旅程，开始了他的墨西哥湾千里徒步行，去搜寻他的奇花异草，感受他的神妙自然。

有些人大概就是为自然而生的，他不畏艰险地寻找着它，追随着它，呼吸着它，迷恋着它，直到从精神到肉体与之融为一体，获得身心的愉悦与升华。一路上，约翰·缪尔穿越森林、险滩，遭遇了打劫、露宿、昏迷、伤痛和疾病，一度挣扎在生死线上，却不听劝阻一路南行，漂洋过海，只为采集一些植物标本，聆听几声鸟的歌唱，顺便欣赏沿途风景。很多时候，他被茂密的荆棘林划得遍体鳞伤；更多时候，他在渺无人烟或无人留宿的地方风餐露宿，以大地为床，与树木为伴，被吞噬在无边的黑夜中……在我们看来这是枯燥、危险而不可思议的旅程，对他而言却充满了乐趣和魅力。他在每一棵树、每一朵花、溪流中的每一个涟漪及漩涡里，都感受到伟大造物主的存在。他在美景中陶醉，全心感谢上帝的仁慈让他来到这里享受这一切。他不觉得枯燥，相反，从印第安纳州到墨西哥湾的旅程中，

“土地与天空、植物与人们，以及所有的景象都在不停地变动”。无论在哪里，他都能读懂大自然特殊的语言，一些并不起眼的景象常使他陷入愉快的冥想，别人不敢轻易涉足的荒野于他全然是诗意的存在。他说，“你可以想象，谷地广大的花丛摇曳摆动，由花瓣、花蕊及成堆的花粉谱出无数音乐”。而在高兴之时，“空气甜到足可供天使呼吸”。当有一天他航行在大海之上，他甚至幻想，“如果能徒步在此探寻，享受这透明的水晶地面，欣赏起伏的浪涛所奏出的音乐，不受船上绳索及木板的干扰，那该多美好啊！我可以研究这些浪涛和潮流植物；天气恶劣时，可以睡在鳞光闪闪的波涛床上或散发咸味的海藻中；夜晚可以观看鱼儿游过留下的发光路径；白天我与成群的鸟儿及点点的飞鱼一起走过平静光滑的海面，夜晚则有灿烂的星星做伴”。

他的头脑已被大自然熏陶得单纯无染，在他的眼里，大地之上的一草一木都有着和人一样的平等生命，天地之间的一切生物都非为人而生，更不是理所当然地应该为人猎杀，所以每当他看到人类的残忍行径，他的内心都会默默升起悲悯与不平。因为冥冥之中，他与自然，原本这么近、这么近，在生命深不可测的地方，他与世间的生灵似乎有着某种说不清的维系。看到远山，他并未觉得遥远，“对热爱原始的人来说，这些山脉并不在百里之外。它们的精神动力以及美好的天空，使它们像近在咫尺的一圈好朋友。它们隆起，像是谷地的山坡墙。你不觉得你在户外；你感觉到的是平原、天空及山脉光岚的美。你沐浴在这些圣灵的光芒中，不停地转动，就像是在营火边取暖。

此刻，你失去了自我单独存在的感觉：你已融入天地山水，变成大自然的一部分”。受大自然的牵引，似乎他就得那么做，就得这么走，去完成他独有的生命历程。

虽然我并未完全理解他这么做的意义究竟何在，就像不久前当我在雪莉的《印象加拿大》中读到许多人为了挑战和刺激，挥霍体内过剩的激情，心存侥幸地纵身在尼亚加拉大瀑布前接连不断地冒险跳下、葬入瀑底时于旁边批注的：这就是拿生命开玩笑的无比轻率的犯傻行为。我不赞同冒险，但不可否认，冒险者的人生也是众多人生之一种。好在，约翰·缪尔的冒险有惊无险，勉强还在我可承受的范围之内。

我理解他所描述的内在喜悦，然而生命可贵，愿他安好。（《墨西哥湾千里徒步行》，约翰·缪尔著，王知一译，上海文艺出版社，2014 年 8 月第 1 版第 1 次印刷）

西方的视角
——读吉卜林《旅行书简》

是在继莫言获得诺贝尔奖之后，前一阵中国科学家屠呦呦和白俄罗斯女作家阿列克谢耶维奇又获诺奖，在中国掀起诺奖热之时，我在当当网上刻意选了两本获奖作家作品，吉卜林的《旅行书简》就是其中之一。因为我想，每一位获诺奖的作家，总该有别人无法企及的独到之处吧。接触吉卜林完全就是出于这样的偶然和冒昧。而书籍是了解世界的一扇窗，是进入他人生活和内心深处的一个通道，跟随它的指引，我曾漫游在世界的各个角落，聆听并汲取众多的智慧。这真的是一件美妙的事。

在这本书里，吉卜林从英国到美国到加拿大再到日本、中国、印度和埃及，几乎游遍了大半个地球。每到一处，他以一个英国人的视角勾勒出不同的画面和场景，向读者提供了一些新鲜的角度，触发了一些新的思考。

在美国，他花了不少笔墨写到纽约。我不知道纽约作为一个世人趋之若鹜的大都市，在作家的笔下为何几乎呈现出清一色的反感。在那生活了十年的林语堂一想到纽约地铁里挤进挤出、一刻不得消停的人流就烦躁不安，冯骥才称赞伦敦建筑的古朴敦厚时也会自然地和纽约现代的摩天大楼作对比，吉卜林漫游在纽约明亮的街道上，“心中却有点纳闷，为什么最好的光线却浪费在世界上最糟糕的人行道上”。“纽约有人给我一份面包房的工作，月薪二十五美金。但是，你别想把我弄到纽约。我已经看到纽约是个什么样子，不是吗？把我吓坏了”。纽约给我留下的印象亦是如此，没有将我吓坏，但无疑我也不喜欢它。是因为它太浮华太匆忙太喧闹了吗？说不清楚，但无疑那不是一个人文的气场，即使作为艺术都市的纽约，除了大都会等博物馆带有一点沉静的历史韵味，现世更多的恐怕也是反映扭曲和异化了的都市生活和钢铁水泥与符号构建的现代艺术吧。半年前我置身曼哈顿，看着直耸入云的帝国大厦、人潮涌动的第五大道、富商云集的华尔街，有种莫名的麻木和厌倦，仿佛一种格格不入的感觉。好在我只在那待了一天。而吉卜林却和它较上劲了，“越是研究它，这越是古怪地变得糟糕。糟糕的人行道，糟糕的街道，糟糕的警察，如果不是海潮的帮忙，它的卫生设施的布局就更糟糕了。还没有人恰当地描述过纽约的管理，就是说，把它看成是肮脏的原始野蛮和粗心大意的豪奢结出的无能之果”。

当然，他也看到美国人温暖、体贴和人性的一面，比如他们的房子设计、舒适度、经济以及电器方面，要领先英国不止一百年。另外从一些细节的关怀等方面，时而也会“显示出一个国家的伟大、自由和荣誉”。

在加拿大，他登陆温哥华最先接触的是火车，“一种跟船上差不多的铁路生活开始了——你得适应并与之一起成长。在车上一个礼拜就把一个人变成火车的一部分”。坐着火车，他去城市和遥远的小镇，在那里，他看到这个热爱打猎和杀生的国度“沉寂而缺乏生命迹象”的一面，也看到它静谧环境下缓慢从容的气质，远离“成功”，也不担心“被甩在后面”，不急于成就什么事，也不频繁看表，让生活只成为生活本身的样子。在他看来，“‘繁忙’在民族性格中是不自然的，就像一个成熟的男人用假声说话，烦躁不安一样”。

他的这些文字大约写于二十世纪初，作为英联邦国家之一，作者对加拿大倾注了特殊的感情和用心，对它的历史和现状都给予了关注。“加拿大有史以来已经历过比洪水、霜冻、干旱、大火等严重的灾难，而且，在它建国的道路上，有些路段是由两代人破碎的心铺就的。这就是为什么你可以和一个加拿大人谈论家庭历史问题，而这些问题对澳大利亚和新西兰人来说，就像让一个富家子弟理解死亡一样难”。加拿大人在他的概念里独特、一流而有气质，“这些高大的加拿大人，在细雨中吸着烟，眼睛里有希望，言谈中有信心，心中有力量”。蒙特利尔、渥太华、多伦多在他的眼里都有一种神圣的庄严气质。加拿大的乡村也有独特的相貌，人们把一年的工作集中在六个月完成，冬天只坐享吃喝，“因为在特定的阶段，河流一条接着一条地冻结，甚至位于魁北克的东大门也关闭了，人们必须经过哈利法克斯和圣约翰的旁门进出”。文化上的天然相通和特殊渊源更使他在加拿大找到与大英帝国的内在联系，“自己的骨肉同胞比任何其他人都让我感兴趣，我生来拥有了解他们和他们生活的权利，就像他们拥有对英帝国版图内任何其他地方的知情权一样。因为他们是英联邦之内的人民，所以我的权利不言自明”。“二十年来，我一直在竭尽全力促使英联邦国家内的兄弟姐妹彼此关注。因为，我知道，我们所有人的内心都是相似的，相似的问题、相似的抱负、相似的爱、相似的恨。归根结底，我们只能彼此依赖”。论及加拿大的报纸与民主，他说在某些国家，叽叽喳喳的记者们不堪入目地把一个人的生活翻得底朝天，而在加拿大，必要的“站起来做个人陈述”的原则被体面地尊奉，“这是英帝国版图的统一标记”。

在日本和中国，他以一个西方人的眼光去感受东方的气味，自然有很多新鲜的发现。他将日本写得很美，“灿烂慷慨的阳光让人眼睛清亮而不是迷惑。春天的新叶像大颗翡翠一样闪烁，压弯枝头的樱花透明而绚丽，如同把手靠近火炉那样透明”。但同时他也看到崇尚西方潮流的日本“自然的东方式怪癖外面涂着一层从西方借来的观念”。看到外表欧化了的宫廷内在古老的日本心。

从日本往西航行一周，他到达中国的港口，而中国给他的印象却有些不堪，“那里生活真是艰难，光看着那些忙忙碌碌的船只就让眼睛不舒服”。寥寥几句，再多便没有写到了。这让我想到芥川龙之介的《中国游记》，他眼中的旧中国也是那么的破败脏乱，想到某日在中国美术馆看到的日本画家水野龙生画笔下对北京人的印象，态度是那么地中立和旁观，中立中带着旁观者的漠然。不同的角度，不同的眼光，不同的文化和情感，看待同一件事情的确会有不同的结果。我突然有了一个想法，能否将外国作家写中国，或者西方作家写东方的资料搜集在一起，出版一个集子，给读者提供一个不同的角度，供大家思索和参照呢？

在漫游的行旅中，他和各国人交谈，了解到不同的民族秉性。“伦敦、横滨和香港的生意人和纯粹的美国人做生意时有一条准则，就是让他等待，等待能让他发狂，就像让一匹驾着车的已疲惫不堪的马站立不动一样，那家伙会受不了”。交谈是他感受世界的一种独特的方式，记者出身的他每到一处，习惯性地和当地的各色人等交流交往，捕捉那个世界正在发生的第一手鲜活的信息。这样的记录和访问是有价值的，作家不能停留于历史，更要记录现世的生活和感受，给后人提供历史的参照和思考的线索。而这经历于他也是一种享受，“能行万里路，踏遍全球，观看和倾听它的故事，是多么美好的事情！”

在他看来，世界上只有两种人——待在本国和不待在本国的人。“第二类人最有趣”。走过了大半个地球之后，他说：“伦敦是自我中心的，四英里半径之内就是整个世界。再也没有比伦敦更狭隘的地方主义了……对那些住在伦敦的人而言，伦敦是如此壮观，殊不知世界上存在着不止一种壮观。从离它一万英里的地方回首，伦敦惊奇地渺小。”然而，当他写到英联邦护持下的其他国家和世界上的其他种族群时，无形中从语气和表述里也能窥见大英帝国和白种人的隐隐的一丝优越感。在他眼里，中国人在海外是天生的好奴仆，日本仆人在外的口碑虽然很差，但也被大量的白人家庭雇佣，而白种人在他的潜意识里是不做或不该做这种事的，这样的思想在文中时有流露。“中国人总是喜欢来英属哥伦比亚，在这里，就像在世界各地，他们是做仆人的最好材料。我可以举双手发誓，没有人反对听话的中国人。他做任何白人都不愿做的工作。受了某个刻薄的白人欺负也不报复”。而加拿大人在和他的交谈中，表达了一致的看法，“我们国家提供了如此众多的机会，你不能指望一个白人去挤牛奶。中国人可以做那个”。这在某种意义上反映了彼时中国劳工和移民艰难屈辱的境况。当然，身处异国，他也有被蔑视的体验，“置身于一种新的蔑视情绪中，是一种经验。我们理解荷兰人尖刻的讽刺，也能担当南非的自己人那无奈的愤怒；但加拿大人意义深远的、有时幽默的、经常让人不知所措的、永远礼貌的对英国的蔑视有点伤人”。在加拿大，他听到加拿大人不愿输入英国人的原因。一个加拿大人对他说：“因为英国人不工作。因为我们烦透了送过来的懒汉。因为英国人散发着社会主义的臭气。因为英国人不适应我们的生活。他们永远都在告诉我们英国人是如何做事的。他们摆臭架子。你知不知道一个关于英国人的故事，讲他迷了路，人们发现他时，他在河边快要渴死了。问他为什么不喝河里的水，他回答：‘没有杯子我怎么喝水？’”作为一个英国人，他为英国人辩护，“英国人生来就是吹毛求疵的人。他们怀疑原则，这正是文明构成的条件”。

在书中他还单章写了埃及，而埃及在他的笔下整个就是荒漠加坟场，有种冷飕飕的感觉，无法引起兴趣，在此也就不赘述了。在最后一章演讲集中，他呼吁扶助不趋功利、举步维艰的真正艺术和文学创作，反对太“聪明”，提倡阅读古典名著，将兴趣引向更高知识境界和更有趣事物等观念还是值得称道。

最后我还想提一下翻译，因为好的翻译对于译著而言至关重要，我们无法要求所有翻译都能做到傅雷先生那样的“信、达、雅”，但好的作品如果读起来拗口，这书也就被糟蹋了。这本书，虽不出彩，也不艰涩，大概就算马马虎虎吧。但想到这是一本诺奖获得者的著作，那么在翻译上，是否还有再推敲的余地？比如第8页，“有事情做使她们像是在做些事情”，这翻译是否让人费解呢？（《旅行书简》，吉卜林著，马永波、张云海译，江苏文艺出版社，2013年8月第1版第1次印刷）

影像美国

感动我的两个镜头

——电影《飞屋环游记》观后

关于《飞屋环游记》，网络上有很多热评，不再赘述，我只分享一下感动我的两个镜头。

第一个镜头，当飞屋飞临悬崖峭壁之上时，镜头突然拉远，漂亮的小屋、小屋之上那簇五彩缤纷的气球、惊险中挣扎着的老人卡尔和孩子小罗在广袤的背景中顿时变得那么渺小、那么无助。人与自然，陡然间显示出强烈的力量不均衡感。那一刻给人的感觉是悲悯的、震撼的，无意间对人、对事、对物、对自身获得了一次深切的观照。

第二个镜头，是小罗不顾老人反对执意去拯救大鸟时，突然将自己身上来之不易的勋章全部解下，重重地摔在老人面前：“我不要了！”然后转身离开……这一刻我的眼泪真的要掉出来了。对于小罗来说，这一刻是坚定的、决绝的，此时他的心中已经有了一种东西完全占据了上风，并且达到了极致，比勋章更重要——否则他是不会抛弃勋章的——那是在他心中涌动的正义和善良。回想他结识并执意要帮助老人的时候，他的目的似乎很单纯，就是为了得到最后一枚勋章，这样他就可以参加颁奖典礼了。然而随着故事的进展，他正义善良的本性却随着一个个动人的故事情节逐步展开、增强，直到达到极致，超越了对勋章的追求，抛弃了外在的一切，完完全全地回归了内在的本质和本性，似乎才回到了故事的主题，自然地推动着故事获得一个完美的结局。

山的那边海的那边
——电影《蓝精灵》观后

“山的那边海的那边有一群蓝精灵……”当得知影院正在放映《蓝精灵》的时候，这首熟悉的歌曲再次萦绕在耳畔。与其说这部电影激起了孩子的兴趣，不如说勾起了大人的回忆——这些“可爱的蓝精灵”在过去的岁月中，不也曾给予我们美好的记忆吗？我要陪女儿一起重温。

几十年过去，电影版的蓝精灵似乎已无法确切地与记忆版的蓝精灵加以比较。当年的记忆，实际上已经模糊，记忆的美，已是概括的印象美。

但此《蓝精灵》的确已非彼《蓝精灵》，随着时间流逝，它也已然在成长，里面加入人物，加入与现实的比照，加入互联网，加入谷歌，呵呵，倒也自然。

电影涉及生活的意义、现实与理想的比对，有追问，有思考，有挣扎，也有答案。有几个情节还曾感动了我。人生究竟应该追求什么？跟随世俗的功利，还是跟随内心的声音？蓝爸爸告诉我们：来自内心的语言是最美的。

电影不错，但看完感觉似乎还是有点小缺憾——如果加入电视动画片里的主题曲，岂不是更完美了吗？那无疑会将观众的情感推向高潮，“在山的那边海的那边有一群蓝精灵，他们活泼又聪明，他们调皮又伶俐，他们自由自在生活在那绿色的大森林，他们善良勇敢相互都欢欣，OH 可爱的蓝精灵，OH 可爱的蓝精灵……”

展览美国

自然，平和之美

——观“道法自然——美国大都会艺术博物馆精品展”

2013年3月初，我到人民大会堂开会，来前专门上网查了一下对面的国家博物馆有什么展览。嘿嘿，正好有“道法自然——大都会艺术博物馆精品展”。既是顺便，又是有备而来。

来时已是中午，但我仍没错过。

展览很精彩，以自然为线索分为不同主题，梵·高、米勒、高更、莫奈、雷诺阿、伦勃朗的作品都有展出，虽然不多，但已是难得。米勒《秋天的干草垛》和布雷东《除草的农妇》挂在一起，很有气场，不一样的田园和景物，却是一样的美感。《秋天的干草垛》铺展了田园的丰收景象，近处的羊群和干草堆下模糊的人影，还原了田园丰收但却不事张扬的悠然情调，仔细看那羊群，神态各具，但无不舒服自在；《除草的农妇》比之前多次看到的印刷品调子更沉更暗些，却更耐人寻味。

梵·高的《人生第一步》据说是根据米勒原稿改画，但抛却了一贯的黄色基调，和其《柏树》一样，因着“自然”的主题被涂上了绿色，因而显出一份少有的平和。但梵·高毕竟是澎湃的，你看他的《柏树》，那起伏不安的笔触，永远都在涌动着什么……我在那幅《柏树》前站了许久，感受梵·高，感受这位最伟大的画家，他的生命曾经与他的作品融为一体，相信他在作画之时的每一笔每一画，都倾注了他对生命无限的激情与热望。如果不能抒发，那就不是梵·高——他只能成为最伟大的画家。你能相信他在生前曾经那么地困顿不堪吗？然而生命中他的绘画也给了他无尽的喜悦，使他的生命始终向美向善向火。因而梵·高是明亮的。

在他的《柏树》前，站着一位大叔，拿着笔和一个小本儿，专心致志地临摹勾画，那专注的神情之中，有崇敬，有热爱，有虔诚。那一刻的空气里，亦流动着一丝动人的气息。

雷诺阿的《海滩上的人》也很引人注目，那是一幅美好的生活场景。大海，总是给人美好的想象；莫奈的《艾特达附近的岩门》远看像是一幅摄影作品，光影处理得很舒服，美，但又不失一份厚重的力量感；伦勃朗的《芙罗拉》，端秀中散发着一种贵族气质……

“自然”，当然离不开花草景物。人与自然，有着画家取材的无尽主题。此次还展出了许多风景、花卉，《日出》散落在树林间的参差光影，《风景》中阳光穿越的迷蒙的早上，《海上日出》的开阔和富有朝气，以及《桃花》《水晶花瓶中的鲜花》都给人留下深刻印象。《桃花》的轻盈飞舞和《水晶花瓶中的鲜花》的绚烂明丽，都是我喜欢的格调。生命中，原本有着一种向上的力量，绚烂无比，在那一刻，与作品完成了沟通。

同时还有少数摄影作品展出，同样富有艺术的美感。

在这里，我还邂逅了“Iris”，这是谁画的鸢尾花来着？此时已经忘记，但“Iris”的名字带我回到往昔——多少年前在菏泽师专读英语系时，外教老师曾给我起名Iris，称它是“A special kind of flower”，今天算是见到了，得到一份意外惊喜。虽然我觉得这幅画还可以画得再漂亮、再超然一点，嘿嘿。生活中的Iris，大概不是类似“工笔”的Iris。看完展览，在国博的小书店里同时邂逅了王国维的《人间词话》。等我逛完，错过了午饭时间，但这半晌的消磨，却已可以给我足够的欣喜了……

我被玛德琳·勒罗勒吸引

——观“从莫奈到毕加索——美国克里夫兰艺术博物馆精品展”

利用中午一小时吃饭时间我跑到中华世纪坛看了“从莫奈到毕加索——美国克里夫兰艺术博物馆精品展”，花50块钱买了一顿精神食粮。

看墙上大大小小艺术家的头像和作品，并没有太多感觉，直到贝斯纳的一幅《玛德琳·勒罗勒和她的女儿伊冯》将我带入一份沉浸的艺术心境——对于我这个外行而言，那完全是一种忽略了线条、色彩、光影和技巧的源于内心的直觉冲击力。玛德琳·勒罗勒，我无法忘记她的眼睛，她的眼中，带着悲伤，带着迷茫，甚至带着隐隐的失望。静默的视线里，仿佛隐含着某种无声的力量，依偎在她膝上的小女孩和她朝着同一个方向望过去，怯生生的眼中带着些许的不安和恐惧。玛德琳·勒罗勒的一只手握着小女孩的两只小手，另一只手轻搂在小女孩的背上，母女无声的视线和表情里，仿佛于莫名与微妙之中又隐含了某种血与肉的联系……在这样一个被艺术品包围的展室，我沉浸在这样的目光里，竟然久久无法出来，似乎被它纠结着，牵引着。

在走出展室的刹那，不由得再次回头，看见玛德琳·勒罗勒仍然用那样的目光望着我……艺术，原本就是源自内心的一种无声却深沉博大的力量，是没有刻意去记住却依然被记住的东西。

还有梵·高的《梧桐树群》。也许是一贯喜欢梵·高的原因，看到《梧桐树群》的第一眼就被它的色彩感染了。甚至感觉《梧桐树群》中使用的暗黄色都不足以将梵·高表达到极致——假如这样的黄用得更热烈一些，或许更能将人的情绪引向高潮，引向那个透彻得几近疯狂的梵·高。

离开展室一个半小时了，我仍然没有从这样的氛围中出来。而这样的氛围和这样的沉浸，对于午间的一小时，对于忙碌的生活和事务，却是如此难得。